KB040158

월광에 물든 신화

월광에 물든 신화

초판 1쇄 인쇄 _ 2022년 5월 5일
초판 1쇄 발행 _ 2022년 5월 10일

지은이 _ 김종회

펴낸곳 _ 바이북스
펴낸이 _ 윤옥초
책임 편집 _ 김태윤
책임 디자인 _ 이민영

ISBN _ 979-11-5877-293-2 93810

등록 _ 2005. 7. 12 | 제313-2005-000148호

서울시 영등포구 선유로49길 23 아이에스비즈타워2차 1005호
편집 02)333-0812 | 마케팅 02)333-9918 | 팩스 02)333-9960
이메일 bybooks85@gmail.com
블로그 https://blog.naver.com/bybooks85

책값은 뒤표지에 있습니다.

책으로 아름다운 세상을 만듭니다. ― 바이북스

미래를 함께 꿈꿀 작가님의 참신한 아이디어나 원고를 기다립니다.
이메일로 접수한 원고는 검토 후 연락드리겠습니다.

작품으로 읽는 이병주 평전

월광에
물든
신화

김종회 지음

바이북스
ByBooks

역사를 읽고 신화를 쓴 작가

타계 30주년에 이른 나림 이병주

소설가 나림 이병주 선생이 타계한 해가 1992년이니 올해로 꼭 30주년이다. 대학의 국문학과에서 30년간 문학을 강의하고 문단에서 문학평론가로 33년간 비평문을 써 온 필자의 견식으로, 나림을 일러 '불세출의 작가'라 호명하는 것은 그다지 무리해 보이지 않는다. 그가 남긴 80여 권의 소설과 20여 권의 에세이, 종횡무진의 서사를 자랑하는 실록소설과 춘추필법을 구사하는 에세이들을 정독해 보면 이를 쉽사리 납득할 수 있다. 일찍이 그는 자신의 책상 앞에 "나폴레옹 앞에는 알프스가 있고 내 앞에는 발자크가 있다"고 써 붙여 두었던 터이니, 기량에 있어서나 의욕에 있어서나 천생의 작가였던 셈이다.

대표적인 이병주 연구자였던 고(故) 김윤식 선생으로부터 필자가 직접 들은 회고담이다. 어느 방송 프로그램에 함께 출연하여 나림의 장편소설 『비창』에 대해 논의하는 자리에서 이렇게 말했다고 한다. "그 작품에 등장하는 여주인공의 사고와 행위가 너무

질정(質定)이 없지 않느냐." 그랬더니 나림의 대답이 이랬다는 것이다. "나는 육십이 넘은 지금도 세상살이에 갈팡질팡하는데, 이제 사십을 갓 넘은 술집 마담의 형편에 질정 없이 행동하는 것이 이상할 바 있겠느냐." 김윤식 선생은 그 '우문현답'에 더 이상 할 말이 없었다고 했다. 김 선생이 말년에 토로한 바로는, 한국의 작가 가운데 사람으로나 작품으로나 가장 기억에 남는 이가 나림이라고 했다.

나림이 유명(幽明)을 달리한 지 10년 후인 2002년에, 그의 출생지인 경남 하동에서 최중수 선생을 중심으로 한 기념사업이 시작되었다. 그로부터 5년 후인 2007년에, 김윤식 선생과 하동 출신의 정구영 전 검찰총장 등을 중심으로 전국 규모의 기념사업회가 발족했다. 그리하여 주로 역사 소재의 대표작들을 중심으로 서른 권의 이병주 선집이 발간되었고, 이병주국제문학제와 이병주국제문학상 등의 본격적인 현양 사업이 지속되어 왔다. 지난해는 다시 대중적 수용성이 뛰어난 작품들을 중심으로 열두 권의 선집이 발간되었고, 한국문인협회·국제펜한국본부·대산문화재단 등의 문학단체 및 기구에서 그를 조명하는 특집을 마련하기도 했다.

필자가 나림을 처음 만난 것은 대학원 석사과정에 갓 입학한 해

봄이었다. 장소는 광화문 코리아나호텔 커피숍이었고, 대학에서 발간하는 잡지의 원고청탁을 위해서였다. 그 자리에서 필자는 '역사란 무엇이냐'는 무모한 질문을 던졌고, 선생은 매우 간략하게 '역사는 믿을 수 없는 것'이라고 대답했다. 그때는 이해하지 못했으나 나중에 공부를 더 하고 보니, 선생의 답변은 그의 문학관(文學觀) 곧 신화문학론에 근거한 문학의 관점을 압축한 것이었다. 장편소설 『산하』의 에피그램 "태양에 바래이면 역사가 되고 월광에 물들면 신화가 된다"나, 그의 어록 중 하나인 "역사는 산맥을 기록하고 나의 문학은 골짜기를 기록한다" 등이 모두 그와 동궤(同軌)의 맥락이었다.

실재적 사실로서의 역사는 인간사의 깊은 굴곡에 숨어있는 슬픔이나 아픔을 보여줄 수 없는 것이며, 그것을 가능하게 하는 장르가 소설이라는 선생의 확고한 지론(持論)이 거기에 있었다. 어쨌거나 그 만남을 기점으로 필자는 나림 연구자가 되었고 2007년부터 현양 운동의 실무를 맡았으며 그 세월이 10여 년이 되었다. 지금은 상황이 바뀌어서 기념사업회의 공동대표를 맡고 있지만, 기실 필자에게는 나림과 관련된 원죄가 없지 않다. 고등학교 때부터 그의 소설들을 탐독한 전력이 그렇다. 그때는 정말 아무것도 모르고 소설만 열심히 읽었는데, 운명의 인과는 허술함이 없어서 오늘 여기에까지 이른 형국이다. 바라건대는 그 인연이 그야말로 선인 선과(善因善果)였으면 한다.

나림의 소설은 장대하고 드라마틱한 이야기를 유장(悠長)하게 풀어나가는 데 특장이 있다. 일찍이 그가 도스토옙스키의 『죄와 벌』을 읽고 그 마력에 사로잡혔다고 고백한 것은 그런 점에서 사뭇 의미심장하다. 무엇보다도 그의 소설들은 확고하게 '읽기의 재미'를 공여한다. 미상불 이는 소설 형식의 근본적인 존재 이유이기도 하다. 그의 책을 서재에 두면 귀가하는 발걸음이 빨라진다는 수사(修辭)나, '이병주가 집에서 기다린다'는 비유적 표현은 이를 잘 말해준다. 동시에 그의 소설들은 인생사에 대한 교훈과 경륜을 습득하게 한다. 현란한 현대사회의 물질문명 앞에 위축된 우리 시대의 갑남을녀(甲男乙女)들에게, 거대담론의 기개를 회복하고 굳어버린 인식의 벽을 부수는 상상력의 힘을 북돋울 수 있다.

오랫동안 그의 소설들과 더불어 살아온 필자의 시각에는, 그 소설들이 역사성과 대중성이라는 두 줄기의 형용으로 양립되어 있다고 인식된다. 『관부연락선』·『지리산』·『산하』 같은 한국 근·현대사 소재의 3부작과 『바람과 구름과 비』 또는 『그해 오월』 같은 작품은 웅장하고 견고한 역사성의 성채와 같다. 그런가 하면 『낙엽』·『허생과 장미』·『행복어사전』 같이 시대와 사회 속에서 구체적인 삶을 엮어가는 이들의 디테일한 담화들은 다채롭고 윤기 있는 대중성의 모형을 이룬다. 이 양자를 기축(基軸)에 두고 나림의 문학은 한껏 그 날개를 펼쳐 비상할 수 있었던 것이다. 그런가 하면 그의 산문들이 탐사하는 철학과 사상, 인문주의의 식견은 그것대로 또 하나의 괄목할 만한 획을 이루고 있다.

물론 이 평전의 의도가 나림의 소설이 남긴 문학적 의의와 존재값을 후하게 평가하려는 뜻을 가지고 있지만, 그렇다고 사실과 어긋나는 견강부회를 가져올 생각은 추호도 없다. 엄정하고 객관적으로 비평적 감식을 수행하는 것이 나림 문학의 위의(威儀)에 대한 연구자요 현창자로서의 도리라 여겨지기 때문이다. 나림을 있는 그대로 읽는 것만으로도, 그렇게 읽을 수 있도록 마당을 닦고 멍석을 까는 것만으로도 충분할 것으로 본다. 이 말은 나림의 문학과 더불어 우리 시대의 새로운 독서운동을 시발해볼 수 있지 않겠느냐는 조심스러운 기대를 안고 있다. 어느새 많은 이들이 종이책과 멀어지고 문학이 먼 외계의 풍설(風說)처럼 들리는 실제적 우려가 '인문학의 위기'라는 이름으로 제시되어 있는 형편이기에 그렇다.

문학을 통해 간접 체험으로서의 세계를 탐색하고 스스로의 가치 기준을 정립해 나가는 고전적 독서론의 범례를 굳이 서구의 작품이나 중국의 『삼국지연의』 등에서만 찾을 일이 아니다. 나림의 역사 소재 소설들은 특히 이 대목에서 바람직한 전범이 될 수 있는 것들이 많다. 또한 현대사회의 남녀 간 사랑 이야기를 소재로 한 소설들도 저마다의 역할이 있다. 『행복어사전』에서 우등생의 모범답안과 같은 삶의 지향점을 버리고 일상의 구체적 세부를 음미하는 인물의 자기 충족은, 오늘날과 같이 파편화되고 미소(微小)화한 현실 가운데 시사하는 바가 크다. '미(微)에 신(神)이 있느니라'는 그의 소설 한 대목에 있는 기막힌 레토릭이다.

　이병주기념사업회의 발족 이후 역사성의 소설을 모은 선집 30권이 발간된 것은 2006년이었다. 그리고 15년이 지난 2021년, 대중 성향의 '재미있는' 선집 12권이 새로 묶여 나왔다. 한국문학에서 문·사·철의 고급한 교양을 동시에 보여주는 작가, 사상에 있어 좌·우익을 망라하여 문학을 통한 정치토론을 유발할 수 있는 거의 유일한 작가가 나림이다. 그런 연유로 그 기념사업회에는 좌우 이념의 대표적인 인물들이 함께 망라되어 있다. 이제 한국 문단은 그에 대해 대체로 인색했던 평가와 비교적 미흡했던 연구의 구각(舊殼)을 탈피해야 한다. 삼포지향(三抱之鄕)의 아름다운 고장 하동을 기리듯, 하동이 낳은 이 걸출한 작가를 다시 돌아볼 때다. 탄생 100년을 지난 한 세기, 타계 30년에 이른 한 세대의 무게가 거기에 얹혀있는 까닭에서다.

이 책의 제목을 '월광에 물든 신화'라고 한 것은, 당연히 나름의 소설적 성취를 염두에 둔 이유에서다. 특히 '작품으로 읽는 이병주 평전'이기에 더욱 그렇다. 지금까지 이병주 문학에 대하여 평전의 형식으로 접근한 첫 저술은, 정범준 작가의 『작가의 탄생』이다. 철저한 고증과 현장 확인의 바탕 위에서 기술된 이 책은, 이병주 연구에 있어 간과할 수 없는 성과다. 그 다음으로 이병주의 생애와 문학을 함께 포괄하여 서술한 안경환 교수의 글들을 들 수 있다. 필자의 이 책은 두 분의 문필로부터 많은 조력을 얻었다. 이병주 문학의 가장 돌올(突兀)한 연구자는 거두절미하고 김윤식 선생이다. 『지리산』을 비롯한 역사 소재의 장편소설들, 그리고 '학병 세대'의 역사적 좌표 설정은 선생이 아니었으면 불가능했을 일이다.

그런가 하면 이병주 문학의 시대 및 사회사적 의의를 해명한 임헌영 선생을 비롯하여 많은 후진(後陣) 연구자들이 있다. 연구논문과 연구서들도 지속적으로 생산되고 있다. 이토록 많은 노력과 합심협력의 분위기는, 이제 찬란한 성좌(星座)가 된 나림 이병주 선생의 사후(死後) 홍복(洪福)인지도 모른다. 참으로 놀라운 사실은 선생의 이름을 표식으로 내건 자리에서 만난 사람들 가운데, 곳곳에 선생을 기억하고 아직도 그 작품을 애장(愛藏)하거나 숙독(熟讀)하고 있는 이들을 만날 수 있었던 것이다. 아아! 그러고 보니 나림 선생을 기리는 일에 바빠서, 온전히 선생을 그리워하며 하늘을 올려다본 지가 오래되었다. 이 시간, 참 많이 선생이 그립다.

2022년 새봄

지은이 김종회

차 례

3. 연보와 자료

1.
역사와
신화

1-1. 이병주 평전의 기술 방향

경상남도 하동군 북천면 옥정리는 한국문학의 걸출한 작가 이병주의 출생지다. 그 하동의 섬진강변 오룡정이 있는 언덕길에 이 작가를 기리는 키 큰 비석이 하나 서 있다. "태양에 바래지면 역사가 되고 월광에 물들면 신화가 된다"라는 글귀가 비석의 전면을 채웠다. 이때 '태양에 바랜 역사'는 그가 살아온 근·현대사의 파란만장한 굴곡 속에서 사실(史實)로 남은 기록을 말한다. 반면에 '월광에 물든 신화'는 이 역사적 체험을 바탕으로 상상력을 활용하여 소설로 꾸민 문학 작품을 말한다. 역사가 현실이라면 신화는 허구다. 그런데 이 허구의 영역이 오히려 인간사의 진실을 더 설득력 있게 증거한다는 데 소설의 기능이 있고 이병주 문학의 강역(疆域)이 있다.

이 글의 제목을 '월광에 물든 신화'라 하고 이 항목의 소제목을 '역사와 신화'라 한 것은, 바로 그러한 문학의 역할을 수긍하면서

이병주

이 작가의 생애와 문학을 살펴보겠다는 의지를 바탕으로 한다. 이 글은 그러므로 이병주라는 한 작가가 자신의 족적(足跡)으로 걸어 간 그 문학적 연대기를 탐색하는 데 목표를 둔다. 이를테면 평전 (評傳)이다. 그런데 이를 시시콜콜한 세상살이의 자료를 바탕으로 기술하려는 것이 아니라, 역사 과정 가운데서 신화의 발화방식으로 남긴 작품세계의 검증을 위주로 전개해 나가려 한다. 그것이 호사가적 관심을 넘어서 88권의 소설과 23권의 에세이를 남긴 작가에 대한 대접일 터이기에 그렇다. 동시에 오랜 기간 작가를 연구해 온 필자의 경험을 유효하게 살리기 위해서도 그렇다.

여기에서는 먼저 평전이란 글쓰기 형식이 과연 무엇인가를 먼저 살펴보는 것이 좋은 것 같다. 한 개인의 일생에 대해 글쓴이의 논평을 겸한 전기(傳記)를 말한다. 당연히 많은 자료를 필요로 하며 쓰는 이의 정신을 잠식하는 시간과의 고투(苦鬪)를 요구한다. 사실과 다르게 미화, 왜곡 그리고 평가절하된 평전이 있을 수 있다. 쓰는 이의 '논평'이 개재하기 때문이다. 좋은 평전이 산출되기 위해서는 정확하고 수준 있는 안목이 필요하다. 그기에 좋은 글쓴이에게서 좋은 평전이 나온다. 사마천의 『사기』나 플루타르코스의 『영웅전』과 같은 고전적인 저술에서 시작하여 장 코르미에의 『체 게바라 평전』, 윌리엄 J. 듀이커의 『호치민 평전』 등 좋은 평전은 이루 헤아릴 수가 없다. 가까이로는 이기형의 『여운형 평전』, 조영래의 『전태일 평전』 등을 쉽게 만날 수 있다.

한국 현대문학에 관한 대표적인 평전으로는 김윤식의『이광수와 그의 시대』나『이상 연구』를 들 수 있다. 이 경우에 비추어서 말할 수 있는 것은, 해당 인물의 활동 분야 및 시대와 관련이 깊은 주제 그리고 그것을 오래 전공한 집필자가 필요하다는 사실이다. 물론 집필자의 성향이 지나치게 우호적이거나 비판적일 수 있지만, 그래도 그렇게 해야 균형감각을 가진 시각을 보여줄 가능성이 높다. 필자가 이병주 평전의 일부에 해당하는 이 글을 쓰기로 작심한 것은, 우선 고등학교 시절부터 오래 이병주의 작품을 읽었다는 원죄(原罪), 오랫동안 이병주 문학을 연구·비평해온 탐색의 과정, 그 기념사업의 소임 등 여러 요인이 함께 작용한 결과다.

앞서 언급한 바 있지만, 이병주 평전이란 글쓰기 범주와 규범이 전제되어 있다 할지라도 여기에서는 순차적인 시간의 연대기를 따라가는 기술 방법을 지양하려 한다. 그와 같은 방식의 괄목할 만한 성과로 정범준의『작가의 탄생』이나 안경환의『나림 이병주의 생애와 문학』등 전사(前史) 자료가 제시되어 있기도 하거니와, 이병주 연구자로서 작품의 이해 및 비평에 주안점을 둔 '생애와 문학'을 추적하겠다는 것이 필자의 의도인 까닭에서다. 이후 글의 진행은 그렇게 생애와 문학을 중점적으로 살펴보면서, 작가를 잘 아는 이들의 회고와 평판, 그리고 작가에 관한 정확한 '연보와 자료' 등으로 계획되어 있다. 이 글이 작가와 그의 문학에 대한 이해와 현양에 작으나마 꼭 필요한 디딤돌이 되었으면 한다.

1-2. 이병주 문학에 대한 평가

1992년에 타계한 작가 이병주는, 당대의 한국문학에 보기 드문 면모를 남긴 인물이었다. 그는 1921년 경남 하동에서 출생하여 일본 메이지대학 문예과에서 수학했으며, 진주농과대학과 해인대학 교수를 역임하고 부산《국제신보》주필 겸 편집국장을 지냈다. 이 상에서 거론한 이력이 그가 40대에 작가로 입문하기까지 겉으로 드러난 주요한 삶의 행적인 셈인데, 그러나 그 내면적인 인생유전의 실상에 있어서는 결코 한두 마디의 언사로 가볍게 정의할 수 없는 엄청난 근대사의 파고(波高)를 밟아왔다. 그러한 체험은 한 작가를 통하여 역사가 문학을 추동(推動)한 하나의 범례로 남게 될 것이다.

기실 이병주가 살아온 이 기간이야말로 일본 제국주의가 이 나라를 통치하던 시절로부터 해방공간을 거쳐, 남과 북의 이데올로기 및 체제대립과 6·25동란 그리고 남한에서의 단독정부 수립 등

온갖 파란만장한 역사의 굴곡이 융기하고 침몰하던 격동기였다. 그처럼 험난한 세월을 관통하여 지나오면서, 한 사람의 지식인이 이렇다 할 상처 없이 살아남기란 애초부터 불가능한 일이었던 것이다. 요컨대 지금까지 알려져 있는 그의 삶은 몇 편의 장대한 소설로 쓰여질 만한 것인데, 그러한 객관적 정황을 외면하지 않고 그는 스스로 소유하고 있는 탁발한 글쓰기의 능력을 발동하여, 이른바 우리 근대사에 기반을 둔 역사소재의 소설들을 써나갔다. 그런만큼 이러한 성향으로 그가 쓴 소설들은 상당부분 자전적인 체험과 세계인식의 기록으로 채워져 있다.

이병주의 첫 작품은 대체로 1965년에 발표된 「소설·알렉산드리아」로 알려져 있다. 작가 자신도 이 작품을 데뷔작으로 치부하곤 했다. 하지만 실제에 있어서 첫 작품은 1954년 《부산일보》에 연재되었던 『내일 없는 그날』이었으며, 그 외에도 해방 직후 상해에서 쓴 「유맹(流氓)」을 비롯한 여러 소설 쓰기의 전력이 있다. 이러한 창작 실험을 통해 그는 자신이 오랫동안 심중에 품어왔던 작가로서의 길이 합당한지 어떤지를 시험해본 것 같다. 물론 그 시험에 대한 자평이 어떤 결과였든지 간에, 이후의 작품활동 전개로 보아 그의 내부에서 불붙기 시작한 문학에의 열망을 무너뜨릴 수는 없었을 것이다.

우리는 그의 데뷔작 「소설·알렉산드리아」를 읽고 눈을 크게 뜨며 놀란 여러 사람의 글을 볼 수 있으며, 그로부터 꼭 56년이 지난 오늘에 그 작품을 다시 읽어보아도 한 작가에게서 그만한 재능과 역량이 발견되기는 참으로 쉽지 않은 일이겠다는 감회를 얻을 수 있다. 산뜻하면서도 품위 있게 진행되는 이야기의 구조, 낯선 이국적 정서를 작품 속으로 끌어들여 누구든 쉽사리 접근할 수 있도록 용해하는 힘, 부분 부분의 단락들이 전체적인 얼개와 잘 조화되면서도 수미쌍관하게 정리되는 마무리 기법 등이 이 한 편의 소설을 편만하게 채우고 있었으니, 작가로서는 아직 무명이었던 그의 이름을 접한 이들이 아연(俄然)하며 놀란 것은 무리가 아니었다고 할 수밖에 없다.

작가는 자신의 문학적 초상에 관해 서술한 글에서 이 작품을 두고 '소설의 정형'을 벗어난 것이지만 그로써 소설가로서의 자신이 가진 자질을 가늠할 수 있었다고 적었는데, 아닌 게 아니라 그 이후에 계속해서 발표된 「마술사」, 「쥘부채」, 「예낭 풍물지」 등에서는 그 소설적 정형을 완연히 갖추면서도 오히려 그것의 고정성을 넘어서는 창작의 방식을 보여주기 시작하였다. 이러한 초기의 작품들에는 문약한 골격에 정신의 부피는 방대한 문학청년이 등장하며, 거의 모든 작품에 소위 '감옥 콤플렉스'가 나타나고 있다. 이는 작가의 현실체험이 반영된 한 범례이며 향후 두고두고 그의 소설을 간섭하는 하나의 원형이 된다. 이 초기의 단편에서 장편으로 넘어가는 그 마루턱에서 작가는 『관부연락선』을 썼다.

『관부연락선』은 일제 말기의 5년과 해방공간의 5년을 소설의

『예낭 풍물지』(2013년판) 표지

무대로 하고 거기에 숨은 뒷그림으로 한 세기에 걸친 한일관계의 팽팽한 긴장을 깔았으며, 무엇보다도 일제하의 일본 유학과 학병 동원 그리고 그 과정에서의 교유관계 등 작가 자신이 걸어온 핍진한 삶의 행적을 함께 담았다. 그러면서 이 소설은 장차 그의 문필과 더불어 호방하게 전개될 역사 소재 장편소설들의 외양을 짐작하는 데 중요한 이정표가 된다. 『산하』와 『지리산』 같은 대하 장편들이 그 나름의 확고한 입지를 가질 수 있는 것은, 『관부연락선』에서부터 보이기 시작한 역사적이고 시대적인 사실과 문학의 예술성을 표방하는 미학적 가치가 서로 씨줄과 날줄이 되어 교직 되었기 때문이다. 이 소설적 판짜기의 구조를 통하여, 그는 역사를 보는 문학의 시각과 문학 속에 변용된 역사의 의미를 동시에 걸어 올릴 수 있었던 것이다.

특히 역사와 문학의 상관성에 대한 그의 통찰은 남다른 데가 있어, 역사의 그물로 포획할 수 없는 삶의 진실을 문학이 표현한다는 확고한 시각을 정립해놓았다. 매우 오래전 어느 자리에서, 필자는 그에게 "역사적 기록의 신빙성에 대해 어떻게 생각하느냐"는 선문답류의 질문을 던져본 적이 있었다. 그때 그는 서슴없이 "역사는 믿을 수 없는 것"이라는 답변을 내놓았다. 표면상의 기록으로 나타난 사실과 통계 수치로서는 시대적 삶의 실상이 노정한 질곡과 그 가운데 스며 있는 사람들의 뼈아픈 사연들을 제대로 반영할 수 없다는 논리였던 것이다. 필자는 그의 이 논리를 이해하는데 대학원 석사과정에서 박사과정에 이르는 몇 년을 투자해야 했다.

　이병주는 참으로 많은 분량의 작품을 썼다. 문학 창작을 기업 경영의 차원으로 확장한 마쓰모도 세이쪼 같은 작가와는 경우가 다르겠지만, 그래도 우리의 작가 가운데서 그에 가장 유사한 사례를 찾는다면 아마도 이병주가 아닐까 싶다. 그런 만큼 그의 소설이 보여주는 주제의식도 그야말로 백화난만한 화원처럼 다양하게 펼쳐져 있다. 『예낭 풍물지』나 『철학적 살인』 같은 창작집에 수록되어 있는 초기 작품의 지적 실험성이 짙은 분위기와 관념적 탐색의 정신, 앞서 언급한 바와 마찬가지로 시대성과 역사소재의 작품에서 볼 수 있는 숨겨진 사실들의 진정성에 대한 추적과 문학적 변용, 현대 사회 속에서의 다기한 삶의 절목과 그에 대한 구체적 세부의 형상력 부가 등속을 금방이라도 나열할 수 있다.

　더욱이 현대 사회의 여러 현상을 주된 바탕으로 하는 작품들에서는, 『행복어사전』·『무지개 연구』 등 그 사회의 성격에 대한 주인물의 반응을 부가시킨 경우, 『미완의 극』과 같이 추리소설의 기법을 도입하여 시사성 있는 사건에 접근한 경우, 『허상과 장미』·『풍설』·『배신의 강』·『황백의 문』·『서울 버마재비』·『여로의 끝』 등 애정 문제와 사회 윤리의 상관성에 초점을 둔 경우, 『여인의 백야』·『낙엽』·『인과의 화원』·『꽃의 이름을 물었더니』 등 여인의 정서와 의지 및 애정의 균형감각을 살펴보는 경우, 『저 은하에 내 별이』·『지오콘다의 미소』 등 젊은 세대의 의식구조를 추적한 경우,

『황혼』과 같이 노년의 심리적 갈등을 표출한 경우, 『니르바나의 꽃』과 같이 종교적 환각의 체험을 극대화한 경우, 그리고 『허드슨 강이 말하는 강변 이야기』와 같이 해외에까지 연장된 삶의 고난과 맞서는 경우 등 천차만별의 창작 유형을 만날 수 있다.

1980년대 이후에는 『허망의 정열』·『그 테러리스트를 위한 만사』 등의 창작집에서 역사적 사건과 현실 생활을 연계시킨 중편이나 함축성 있는 단편들을 볼 수 있는데, 여기에까지 이르면 이미 그의 작품에 세상을 입체적으로 바라보는 원숙한 관점과 잡다한 일상사에서 초탈한 달관의 의식이 깃들여 있다. 그런가 하면 『청사에 얽힌 홍사』·『성-그 빛과 그늘』·『사랑을 위한 독백』·『나 모두 용서하리라』·『바람 소리 발소리 목소리』·『사상의 빛과 그늘』 등의 산문집을 통해, 소설에서 다 기술하지 못한 직접적인 담화들을 표현해놓기도 했다. 이병주는 분량이 크지 않은 작품을 정교한 짜임새로 구성하는 능력이 뛰어난 작가이지만, 그보다 훨씬 더 강력하게 인식되기로는 부피가 장대한 대하소설을 유연하게 펼쳐나가는 데 탁월한 작가라는 점이다.

일찍이 그가 도스토옙스키의 『죄와 벌』을 읽고 그 마력에 사로잡혔다고 고백한 것도 이 점에 견주어볼 때 자못 의미심장하다. 『지리산』·『산하』·『행복어사전』·『바람과 구름과 비』 등이 그 구체적인 사례에 속하는 작품들인데, 이는 단순히 작품의 분량이 크다는 외형적 사실에 그치는 것이 아니라, 그 속에 도도히 흐르는 시대적·역사적 현실과 그것에 총체적인 형상력을 부여할 때 얻어지는 사상성이나 철학적 개안의 차원에까지 이른 면모를 보인다. 『관부연락선』에서 시작하여『지리산』을 거쳐『산하』에 이르면, 한국의 근·현대사를 소재로 한 역사소설 3부작이 완성되는 셈이다. 그런가 하면 대하 장편소설『바람과 구름과 비(碑)』는《조선일보》에 연재되는 동안 엄청난 독자들의 반응을 보였으며, 그와 같은 현상은 당대의 어느 작가에게서도 찾아보기 어려운 대중적 수용력이었다.

문제는 그가 남겨놓은 이와 같은 유수의 작품들과 문학적 성취에도 불구하고, 당대 문단에서 그에 대한 인정이 적잖이 인색했으며 또한 그의 작품세계를 정석적인 논의로 평가해주지 않았다는 데에 있다. 물론 거기에는 그 나름의 사유가 있다. 그가 활발하게 장편소설을 쓰기 시작하면서 역사 소재의 소설들과는 다른 맥락으로 현대사회의 애정 문제를 다룬 소설들을 또 하나의 중심축으로 삼게 되는데, 이 부분에서 발생한 부정적 작용이 결국은 다른 부분의 납득할 만한 성과마저 중화시켜버리는 현상을 나타내었던 것으로 여겨진다. 말하자면 지나치게 대중적인 성격이 강화되고 문학작품이 지켜야 할 기본적인 양식의 수위를 무너뜨리는 경우를 유발하면서, 순수문학에의 지구력 및 자기 절제를 방기하는 사태에 이른 감이 있었던 것이다.

뿐만 아니라 여기에 구체적인 예증으로 열거할 만한 작품이 너

무 많기까지 하다. 그러나 이러한 부정적 측면을 제하여놓고 살펴
보자면, 우리는 여전히 그에게 부여되었던 '한국의 발자크'라는 별
호가 결코 허명이 아니었음을 수긍할 수밖에 없다. 일찍이 대학에
서 문학을 공부하던 시절, 그는 자신의 책상 앞에 "나폴레옹 앞엔
알프스가 있고, 내 앞엔 발자크가 있다."라고 써 붙여 두었다고 술
회한 바 있다. 이 오연한 기개는 나중에 극적인 재미와 박진감 넘
치는 이야기의 구성, 등장인물의 생동력과 장쾌한 스케일, 그리고
그의 소설 처처에서 드러나는 세계 해석의 논리와 사상성 등에 의
해 뒷받침된다.

반복해서 말하자면, 그는 우리 문학사가 배태한 유별난 면모의
작가이며, 누보로망의 작가이자 이론가인 로브그리예가 토로한
"소설을 쓴다고 하는 행위는 문학사가 포용하고 있는 초상화 전시
장에 몇 개의 새로운 초상을 부가하는 것이다"라는 명제에 여실히
부합하는 작가라 할 수 있겠다. 그 자신이 소설보다 더 파란만장한
생애를 살았던 체험의 역사성, 박학다식과 박람강기를 수렴한 유
장한 문면, 어느 작가도 흉내 내기 어려운 이야기의 재미, 웅혼한
스케일과 박진감 넘치는 구성 등이 그의 소설 세계를 떠받치고 있
다면, 그를 한국의 발자크라 부르는 것이 그다지 어색할 바 없다.

1-3. 문학의 매혹, 또는 소설적 인간학
– 작가 이병주를 위한 일곱 개의 질문

작가의 고향인 하동에 대한 소감, 그리고 이병주문학관에 대한 소회

　하동은 예로부터 삼포지향(三抱之鄉)으로 유명한 곳이다. 산과 강과 바다가 함께 있는 아름다운 고장을 일컫는 말인데, 지리산과 섬진강과 다도해가 이렇게 수려하게 어울려서 산자수명(山紫水明)한 풍광을 이루었다. 그런 연유로 하동을 찾는 발길은 늘 가슴을 설레게 한다. 하동은 2009년에 스스로를 '문학수도(文學首都)'라고 선언했다. 실록 대하소설의 작가 이병주의 고향, 박경리 『토지』와 김동리의 「역마」의 무대가 된 곳, 시인 정공채와 정호승 그리고 소설가 김병총, 수필가 강석호의 출생지이니 그와 같은 호명을 붙일 수 있겠다. 그러나 더 중요하게는 하동이 이병주국제문학제나 토지문학제를 비롯한 다채로운 문학 행사를 해마다 창의적이고 지속적으로 열어 나가고 있다는 사실일 것이다.

하동군 북천면의 이명산 자락에 자리하고 있는 이병주문학관은, 조촐하지만 품위 있고 규모는 소박하나 작가의 명성으로 인하여 화려한 이름을 가졌다. 작가 이병주는 생전에 가장 많이 독자들로부터 사랑받고 가장 많이 읽혔던 베스트셀러의 주인공이었다. 그의 작품세계를 잘 응축하여 방문자들과 작가를 조화롭게 만나게 하고, 그의 문학을 새롭게 인식하며, 더 나아가 문학이 일상의 삶 속에 힘 있는 조력자가 되도록 하자는 것이 이 문학관 설립의 취지다. 문학관 내부의 콘텐츠들과 외부의 문학비·흉상·조경 등이 모두 거기에 포커스를 맞추고 있다 할 것이다.

이병주라는 인물에 매혹된 이유, 그 매혹의 영향

고등학교 시절부터 이병주 소설을 열심히 읽었다. 이병주 기념사업의 업무 책임을 맡고 있다 보니, 잘 모르는 이들이 작가와 무슨 관련이 있지 않나 생각하곤 한다. 관련이 있긴 하다. 어린 시절부터 그의 소설을 탐독한 원죄(?)가 있는 것이다. 이병주 소설의 박람강기한 이야기, 다이내믹하고 드라마틱한 사건 구조, 호활하면서도 치열한 주제의식 등이 아직 어린 독자였던 필자를 매혹시

켰다. 그야말로 쉽게 넘을 수 없는 큰 산처럼 인식되던 작가였다. 대학원 석사과정 초기에 학교 잡지의 원고청탁을 하며 선생을 처음 뵈었다. 그 자리에서 매우 무모한 질문을 던졌었다.

"선생님, 역사란 무엇입니까?"

불세출의 역사소설 작가에게 '역사'를 물었으니, 반드시 민족· 조국 등의 수식어를 동반한 거창한 답변을 기대한 것이었다. 그러나 작가의 대답은 매우 짧고 간결했다.

"역사란 믿을 수 없는 것일세."

어린 나이에, 이처럼 기상천외한 답변을 듣고 더 이상 질문할 엄두를 내지 못했다. 갑자기 무슨 배신을 당한 듯한 기분이 들었다. 하지만 그때는 알지 못했다. 선생의 그 말이 무엇을 뜻하는지를. 나중에 박사과정에 이르러 문예이론으로서 신화문학론을 공부하면서 비로소 선생의 뜻을 알아차릴 수 있었다. 기록된 사실로서의 역사는, 동시대를 살았던 사람들의 삶이 그 내면에 어떤 진실을 숨기고 있는지 모두 기록할 수 없다는 의미였다. 그래서 선생은 장편 『산하』의 에피그램으로 "태양에 바래지면 역사가 되고 월광에 물들면 신화가 된다"고 적었던 것이다. 그의 어록에는 "역사는 산맥을 기록하고 나의 문학은 골짜기를 기록한다"고 했는데, 이 레토릭은 문학관 측면의 문학비에 그대로 새겨져 있다.

이병주 소설에의 매혹은, 필자를 문학의 활달한 서사 세계로 이끄는 힘이 되었다. 초·중·고 시절에는 시와 시조를 썼는데, 나중

이병주문학관 전시공간 제1존 '냉전 시대의 자유인,
그 삶과 문학' 구역(위)과, 제3존 '끝나지 않은 역사,
산하에 새긴 작가 혼' 구역(아래)

에 본격적으로 문학 공부를 하면서 서사 이론과 소설론에 집중하게 된 것은 아마도 이병주 선생의 영향이 아니었을까 생각된다.

작가이자 인간으로서의 이병주를 요약

작가 이병주는 '한국의 발자크'라 말할 수 있을 것이다. 그는 학생 시절부터 도스토옙스키에 매료되었고 발자크와 같은 작가를 꿈꾸었다. 작가가 되지 않았다 하더라도 그 소설 세계를 자기 인식의 지근거리에 두고 사는 일은 양보하지 않았을 것이다. 그는 빼어난 문필을 자랑하는 언론인의 길을 걷다가 필화사건으로 복역을 하고, 그 이후에 작가의 길을 걷게 되었다. 그로부터 사상가 수준의 작가 도스토옙스키, 서구 리얼리즘의 대가 발자크는 작가에게 예인 등대의 불빛과도 같지 않았을까 한다.

이병주를 다시 요약하여 말하면 '실록 대하소설 작가'라 할 수 있겠다. 한국 근·현대사 3부작에 해당하는 『관부연락선』·『지리산』·『산하』가 그러하고 역사소설 『바람과 구름과 비(碑)』가 그러하며 세태 풍속소설 『행복어사전』 또한 그러하다. 이렇게 긴 호흡의 대하소설을 유장하게 풀어나가는 데 능숙하다면 타고난 이야기꾼이 아닐 수 없다. 그 가운데 명멸하는 수많은 인간 군상, 꼬리를 이어 연계되고 또 소멸하는 사건들, 그 구체적 세부들이 하나의

『산하』(1985년판) 표지

꿰미로 엮어져서 산출하는 이야기의 재미, 그 가운데서 표출되는 인생에 대한 경륜과 교훈이 장대한 파노라마를 이루는 자리, 거기가 곧 이병주 소설의 입지점이다.

하동 및 지리산이라는 지역과 이병주 문학의 상관관계

우선 이병주의 대표작을 들라 하면 어느 누구도 『지리산』을 거론하기를 주저하지 않을 것이다. 지명이 작품명이 되고 그 작품이 80여 권의 소설을 남긴 작가의 대표작이 된 형국이다. 그만큼 지리산은, 그리고 지리산 산자락에 둥지를 틀고 있는 하동이라는 고장은 작가 이병주와 불가분의 관계에 있다 하겠다. 이 관계를 역으로 거슬러 보면 지리산의 정기를 받고 하동에 태를 묻으며 태어난 작가였기에, 그 지역적 환경을 바탕으로 대표작을 쓸 수 있었다 할 것이다.

이병주 소설에 자주 등장하는 H읍은 하동읍이요 J시는 진주시이며 P시는 부산시다. 「예낭 풍물지」의 '예낭' 또한 부산이다. 이 고향과 성장지들이 그의 소설을 부양하는 배경이 된다. 단순한 지리적 배경을 넘어서, 삶의 목표와 세상살이의 이치를 깨우쳐 준 어머니의 땅이라 하겠다.

이병주의 대표작 『지리산』, 『지리산』 외에 독자들에게 일독을 권하고 싶은 이병주 문학, 그 이유

지리산이 분량이 많은 대하 장편이어서 대표작인 것이 아니고, 현대사 격동기의 좌익 파르티잔, 곧 지리산으로 들어간 빨치산 문제를 다루고 있다고 해서 주목받는 것이 아니다. 그 곤고하고 핍진한 이야기의 굴곡, 소설의 골짜기에 숨어 있는 월광에 바랜 이야기들이 인간사의 숨은 진실을 드러내주고 있기 때문이다. 조정래의 『태백산맥』이 경제사회적 관점에서 빨치산을 조명했다면, 이병주의 『지리산』은 철저하게 인본주의요 인간중심주의의 관점에서 그들을 그렸다. 좌익투쟁주의자 이전에 인간이었던 그들의 상황과 고뇌, 외로움과 아픔을 절박한 이야기의 문면에 담았다. 이 소설의 힘 있는 감동은 거기서 솟아나는 것이다.

이병주에게는 너무도 많은 주목할 만한 소설과 에세이가 있지만, 『지리산』 다음으로 권유하라면 두 작품을 말하고 싶다. 하나는 역시 역사 소재의 작품으로 조선조 말기 한 중인계급의 혁명가가 새로운 나라의 건설을 도모하는 『바람과 구름과 비』이고, 다른 하나는 우리 시대의 지식인 룸펜이 우등생의 모범답안을 버리고 일상의 뒷골목에서 지적 유희를 추구하는 『행복어사전』이다. 전자는 오늘의 우리 작가와 독자들에게 인문주의의 기개와 포부를 되살려 줄 수 있고, 후자는 일상적인 삶 가운데서 잡다한 지식과 사고의 활동이 어떻게 그 보람을 다할 수 있는가를 증거해 줄 것이기 때문에 그렇다.

문학평론가로서 이병주를 지금 직접 만나게 된다면 다시 던질 질문, 그의 대답

처음 선생을 만났을 때 던졌던 우매한 질문을 다시 되풀이할지도 모른다. 같은 질문이요 답변이라 할지라도 세월이 흐르고 시대가 달라지면 그 함의나 뜻의 깊이가 달라지게 마련이다. 그러나 정작 그런 기회가 주어진다면 한 걸음 더 앞으로 나가야겠다. 우선 신화문학론적 세계관이 아닌 다른 문학적 시각에 대해서는 어떻게 생각하는지를 묻겠다. 다른 유형의, 이를테면 형식실험에 해당하는 모더니즘적 작품을 어떻게 보느냐는 것인데, 아마도 작가는 그에 관련된 해박한 지식을 풀어놓을 가능성이 많다. 정작 자신의 작품세계는 별개로 해 둔 채 말이다.

하나 더 묻는다면, 역사소설 이후 현대사회의 애정 문제를 다룬 작품들을 많은 분량으로 쓰면서 너무 동어반복적이거나 미학적 가치를 도외시한 혐의가 있지 않는가를 말할 것이다. 아마도 작가는 고개를 주억거릴지도 모른다. 그것을 수긍하지 않으면 그로 인해 작품세계 전반이 함께 평가절하되는 형국이라고 우길 참이다.

그런데 아마도 작가는, 거기에 뒤이어 이렇게 말할 수 있을 것이다. "김 군, 내가 세상을 살다 보니 인생에 있어 온전히 확고한 정답이란 없더구먼. 너무 그렇게 날을 세우지 말게." 아마도 필자는 그와 같은 포괄적 유연성을 넘어서기 어려울 것이다.

이병주의 문학 중 하동과 관련된, 의미 있는 구절이나 부분

장편소설 『산하』로 기억되는데, 이렇게 기가 막힌 구절이 본문 중에 나온다. "정을 두고 떠날 때 산하의 그 아름다움이란!" 체험적이고 과거사적인 언사이지만, 겪어보지 않고서도 그 절절한 의미의 바닥을 두드려 볼 수 있을 것 같은 표현이 아닐까 한다. 이제 이 땅을 떠난 지 30년에 이른 대작가를 추모하는 이러한 말과 글들이, 정말 그를 잘 드러내고 그의 작품이 가진 가치를 올바르게 도출할 수 있을지 걱정이 된다. 이는 또한 한 사람의 문학평론가로서 평소에 늘 가지고 있는 자의식이요 경각심이기도 하다.

문학관 전경(위)

'이병주 문학관' 내부 중앙 홀(아래)

2.
생애와
문학

2-1. 작가의 향토와 하동·진주

    20세기 한국문학의 한 복판을 가로지른 작가 이병주는, 1921년 3월 16일 경남 하동군 북천면 옥정리 안남골에서 출생했다. 부친 이세식(李世植), 모친 김수조(金守祚)의 첫아들이다. 그러나 호적과 학적부에는 연도 기록이 잘못되어 1920년생으로 되어있다. 이병주가 태를 묻은 하동은 예로부터 삼포지향(三抱之鄕)으로 이름이 높은 명승(名勝)의 고장이었다. 이는 산과 바다와 강이 함께 어우러져 있는 경치 좋은 곳을 말하는데 하동을 둘러싸고 있는 지리산, 다도해, 섬진강이 그 구체적 항목에 해당한다. 하동은 지자체 스스로가 문향(文鄕)으로 인식하고, 한 걸음 더 나아가 '문학수도'라고 선언했다. 경북 안동이 스스로 '정신문화의 수도'라 선언한 것 못지않게 놀라운 일이다.

    이병주의 고향, 박경리 『토지』와 김동리 「역마」의 무대, 소설가 김병총, 시인 정공채와 정호승, 수필가 강석호의 태생지이고 보면

나는 이 나라에서 문학이 가능하자면,
역시의 그물로써 파악하지 못한 민족의
슬픔을 의미로 모색하는 방향으로 슬퍼
해 보는 데 있다고 믿는 사람이다.
　　　　　　　　ㅡ「지리산」에서

어떤 주의를 가지는 것도 좋고
어떤 사상을 가지는 것도 좋다.
그러나 그 주의, 그 사상이 남을
강요하고 남의 행복을 짓밟는
것이 되어서는 안 된다.
　　　　　　　　「삐에로와 국화」에서

『지리산』과 「삐에로와 국화」의 문장 새김돌

그와 같은 언표(言表)도 그렇게 무리한 일은 아니다. 그러나 그보다 더 중요한 것은, 하동군이 해마다 이병주국제문학제나 토지문학제 등 문학 관련 사업과 행사를 지속적으로 수행해 오고 있다는 사실이다. 그러하지 않고서 '수도' 선언은 무망한 노릇에 그치기 마련이다. 이병주는 지리산 자락이자 다도해의 안뜰이며 섬진강 베갯머리와 같은 하동에 태를 묻고 생애를 시작했다. 그의 작품 여기저기에 등장하는 H읍은, 그러므로 당연히 하동읍이다. 이 생래의 기반을 딛고서 그의 문학은 진주로, 부산으로, 한국으로, 그리고 세계로 뻗어나갔다.

이병주가 태어나기 전 그의 가족은 옥정리로 이사했는데, 진주로 거처를 옮긴 '큰집'의 가옥을 관리하며 살기 위해서였다. 이병주가 처음 학업의 길로 들어선 것은 1927년 북천면의 북천공립보통학교 입학으로 알려져 있다. 북천에서 4년간 학교를 다닌 이병주는 1931년 양보면의 양보공립보통학교로 전학하여 1933년 6학년까지 마치게 된다. 이후 3년 동안 진학을 하지 않고 독학을 하게 되는데, 그 이유는 대체로 아버지와의 의견 불일치 그리고 가정 형편 등이었던 것 같다. 이병주는 진주공립고등보통학교를 가고 싶어 했으나 아버지 이세식은 진주공립농업학교로 갈 것을 권유했다. 그 이견(異見)의 원인이 무엇이었는지는 확실하게 알 수 없다.

그러나 이병주가 어린 시절부터 자신의 주관과 고집이 뚜렷했다는 사실은 충분히 알 수 있다. 1936년 이병주는 5년제 진주공립농업학교에 입학하여 4년을 다녔으나, 마지막 한 해를 모두 수료하지 못하고 퇴학을 당했다. 그 이유 또한 지금에 이르러 명확히 분별하기는 어려운 터인데, 앞서와 마찬가지로 자신의 의견 또는 주의 주장에 부합하지 않으면 이를 수긍하지 않는 기질 때문이었을 것으로 짐작된다. 이와 같은 초기 학습 과정을 살펴보면, 예컨대 「빈영출」이라는 단편에서 볼 수 있는바 늦은 나이에 학교를 다니는 학생의 사례가 자신의 체험과 관련이 있지 않을까 싶다. 그리고 같은 작품에 등장하는 성유정처럼 명민한 재능을 가진 학생의 사례도 자신의 경우에 비추어 본 것일 수도 있겠다.

> 한마디로 그는 아주 건방진 학생이었다. 아무것도 무서워하지 않았다. 막무가내였다. 하나 그 무례한 성격은 세칭 '8형제, 8천석, 8진사' 집안의 막내아들이라는 과시나 교만 때문이 아니었다. 예컨대 그 일대에서 '8자 돌림의 집'을 모른다면 영남 사람으로 간주할 수가 없었다. 그만큼 대단한 재산과 권력을 갖고 있는 왈 떵떵거리는 가문이었다.

중진 소설가 백시종이 쓴 「소설·이병주」(《소설문학》 1981년 1월호)라는 실명 소설에 나오는 한 대목이다. 이 가운데 '막내아들'은 사실과 다르다. 이병주의 소설 『관부연락선』이나 『지리산』에 나오는 고향의 모습은 이렇게 인근에 호(號)가 난 이병주 가문의 '위세'를 은연중에 반영하고 있다. 동시에 그 중심인물들이 당대의 파란만장한 시대사 가운데서도 자신의 의지를 굽히지 않는 것은, 이 어렸을 때부터의 '기질'이 작품 속에 형상화되었다고 해도 틀리지 않을 것이다. 작가 스스로는 자신의 고향 북천에 대하여, 그 궁벽한 상황을 탄식한 바 있다. 그러나 그러한 만큼 훨씬 더 그립고 안타깝고 애잔한 곳이 고향이다. 다음은 작가가 그에 대해 직접적으로 토로한 기록이다.

하동을 내 고향이라고 하지만 내가 나고 자라며 소년기를 보낸 진짜 고향은 하동군 가운데서도 북천면(北川面)이란 곳이다. 서울에 앉아 고향의 산천을 그려보면 꿈나라 같은 풍경이 펼쳐진다. 이렇게 말한다고 해서 경치가 좋다는 뜻이 아니다. 전형적인 산수화에 흔하게 볼 수 있는 그러한 산, 그러한 시내, 그러한 들, 그러한 돌, 그러한 집들로 이루어진 가난한 마을과 마을에 불과하다.

봄이 되어도 꽃 같은 꽃도 피지 않는다. 산 이곳저곳, 들 이곳저곳에 꽃이 없었던 것은 아니지만 너무나 산만해서 꽃다운 정서가 풍겨날 수 없는 것이다. 뿐만 아니라 고적(古蹟)다운 고적도 없다. 유서(由緖)를 지닌 곳도 없다. 조그마한 암자는 있었지만 사찰다운 사찰도 없다. 그야말로 벽촌이다. 두 갈래 시내가 있긴 있는데 흔히들 말하는 전설적인 용소(龍沼)라는 것도 없다.

딴 곳에서 그처럼 흔한 용 한 마리가 우리 고장엔 없는 것이다.

이 인용문은 「지리산 남쪽에 펼쳐진 섬진강 포구」(《한국인》 1987
년 10월호)라는 글의 한 부분이다. 사정이 그러했다면 이 고장에서
몸을 일으켜 한국문학의 큰 작가로 성장한 작가의 문학은, 그야말
로 개천에서 용이 난 셈이다. 그리고 그 입신(立身)의 시발은 당연
히 문자와의 만남으로부터 비롯되었다. 이병주는 어린 나이 다섯
살에 백부 이중식(李中植)으로부터 한문을 배우기 시작했다. 그의
소설 곳곳에 등장하는 한문 '실력'은 이때부터 그 발아(發芽)를 볼
수 있는 것이었다. 특히 대하 장편 『바람과 구름과 비』에는 동양
문화권의 한문 문학에 대한 박식(博識)을 볼 수 있으며, 작중 서사
의 내용에 따라서는 직접 지은 한시를 매설하기도 한다. 이는 다른
작가들이 흉내 내기 어려운 면모다.

이병주가 객지로 나가 그의 인생유전(人生流轉)을 시작한 것은
1936년 15세가 되던 해의 일이다. 3년간의 독학을 거쳐 5년제인
진주공립농업학교(현 진주산업대)에 입학하면서 진주에서의 삶이
시작되었다. 진주는 그가 특히 애착을 가졌던 도시였고, 나중에 그
의 소설 여러 곳에 J시로 나오는 것은 모두 진주를 말한다. 이병주
는 교육과 문화의 고풍스러운 도시 진주에 대해 크게 자부심을 갖
고 있었고 '진주는 나의 요람'이라고 말한 바 있다. 시인 설창수,
서울시장을 지낸 김현옥, 재계의 구인회, 그리고 과학자 최형섭 등

관부연락선2

이병주

한길사

작가의 일본 유학-학병동원 과정과 삶의 행적을 함께 담은 초기작
『관부연락선』(2006년판) 표지

이 그가 자랑하는 진주 출신의 면면이다. 지우학(志于學) 시절 이병주의 학교 성적은 당시 폐지 대상이었던 조선어는 보통, 일본어와 영어는 우수했다.

이는 장차 그가 불어를 포함하여 외국어 능력에 두각을 나타낼 것이라는 예표가 되기도 한다. 학적부의 '재간(才幹)' 난에는 '문학적'이라는 기록이 있고, 이 무렵 매우 열심히 그리고 꾸준히 독서를 했던 것으로 알려져 있다. 5년제 학교에 4년을 다니는 동안 강제로 그 학교로 보낸 아버지에 대한 불만이 있었고, 결국 마지막 한 해를 채우지 못한 채 가출과 결석 등으로 인해 퇴학을 당하게 된다. 2학년 때인 1937년 일본인 교사 오오이시(大石)의 명령에 순응하지 않아 '견책'을 받았다는 기록이 남아 있다. 전후 상황을 확인해 보면 교사의 부당한 처우에 대한 합리적이고 당당한 반항이었고, 다른 교사들의 호의로 퇴학을 면했던 것이다.

이와 같은 현실적인 체험의 소설적 정황은 『관부연락선』에서 그 일단을 짐작할 수 있다. 작가의 진주 체험 가운데 진주의 교육가 하영진(河泳珍) 등의 인물이 있고 이들은 대하 장편소설 『지리산』의 등장인물로 재현된다. 이러한 인물들과의 만남 또는 그에 대한 관찰 등이 이 소설의 바탕을 이루었다 할 수 있을 것이다. 『지리산』의 하영근·하준규·박태영 등은 작가의 선배이거나 동창이었던 실존 인물 하영진·하준수·박범수 등을 모델로 했다는 것이다. 이는 작가가 1985년 11월 《중앙일보》와의 인터뷰에서 밝힌 사실이다. 그런가 하면 『지리산』의 해설자 이규, 또 다른 작품들에 등장하는 이동식이나 이 선생 등은 대체로 작가 자신의 입지를 소설로 치환한 인물이라 할 것이다.

이병주가 퇴학을 당한 경위는 산문집 『사랑을 위한 독백』(회현사, 1975)에 비교적 자세하게 기술되어 있다. 인문계 학교가 아닌 농업학교를 다닐 생각이 없는데, 아버지는 이를 귀 기울여 들어주지 않았다. 그는 마침내 청소년기의 반항을 시작했고 자진 퇴학이 안 되니 퇴학 처분을 받아야겠다고 작정했다. 결국 실습장에서 문제가 된 사건으로 실습 주임인 카와무라(江村) 선생에게 대항하여, 그에게 의자를 던져 '폭행'한 다음 1940년 3월 퇴학으로 처리되었다. 이병주가 반항한 두 사건에 일인 교사로 등장하는 오오이시(大石)와 카와무라(江村)의 경우 기록마다 조금씩 다른 부분이 있기는 하나, 그가 완강한 자기 주체성으로 옳지 않은 차별 대우에 맞선 것은 기릴 만한 일이다.

2-2. 일본 유학, 학병 징집, 귀국

  진주에서의 학업 중단은 하나의 위기 상황이었으나, 반대로 이병주에게는 새로운 활로를 열어주는 계기가 되기도 했다. 진주공립농업학교 퇴학 후, 이병주는 전문학교 입학 자격 검정시험인 '전검(專檢)'을 치르기 위해 현해탄을 건너 일본 교토(京都)로 갔다. 이때까지 그의 학력에는 제대로 된 졸업이 없었고, 나중의 일이지만 대학 또한 마찬가지였다. 메이지대학 문예과는 졸업했으나, 와세다대학 불문과는 중퇴한 것으로 되어 있다. 이는 당시 강제적인 학병 징집으로 인한 것이었다. 나중에 한국문학의 수발(秀拔)한 연구자 김윤식의 검증에 의하면, 메이지대학의 학적부는 확인할 수 있으나 와세다대학의 기록은 찾을 수가 없었다고 한다.

  이를 두고 김윤식은 와세다대학 입학 자체에 의문을 제기했지만, 정작 작가 자신은 그 입학 사실을 분명히 했고 도중에 중국 소주(蘇州)로 학병으로 끌려갔다고 증언(《마당》 1984년 11월호)했다.

어쨌거나 이병주는 그 이전 전검 시험에 합격한 후 여기저기 학교를 들락거리다가 메이지대학으로 진학하게 되는데, 그가 교토3고를 다녔다는 증언은 일본인 선배이자 작가인 후루야마 고마오(古山高麗雄)에 의해 제기된 바 있다. 그런데 여러 기록을 종합해 보면, 이 학교 또한 끝까지 다니지 못하고 퇴학당한 것으로 추정된다. 이러한 정황은『관부연락선』에서 유태림이 다닌 '경도S고등학교'나『지리산』에서 이규가 응시하려고 한 고등학교 입학시험 및 그 이후 사건 등에 관한 서술로 미루어 짐작할 수 있다.

이처럼 파란만장한 시기를 거쳐, 이병주는 1941년 4월 메이지대학 전문부 문과 문예과에 입학했다. 그로서는 본격적인 문학 수업을 시작한 시점이었다. 이 무렵 그는 운명처럼 니체를 만났다. 그에게 있어 니체는 도스토옙스키나 사마천처럼 작가로서의 자신에게 운명의 작용을 일깨워준 매우 특별한 대상이었다. 그가 대학에 입학하기 위하여 면접시험을 치를 때『차라투스트라는 이렇게 말했다』를 두고 면접 교수였던 아베 도모지(阿部知二)와 나눈 대화는 꽤 널리 알려져 있다. 당시의 저명한 소설가이자 평론가였던 아베는 "자네와 니체를 토론하기 위해서라도 입학시켜야겠다"라고 말했다고 한다. 그 무렵 메이지대학의 면모와 분위기를, 이병주는『관부연락선』에서 유태림이 다닌 학교로 그려 보였다.

김윤식이 직접 일본으로 건너가서 조사한 메이지대학 학적부를 보면, 연극 및 영화 관련 과목을 다수 수강한 것으로 되어 있다. 이

분야 관련 과목이 많이 개설되어 있기 때문이기도 했겠으나, 이에 대한 이병주의 관심을 반영한 결과이기도 했다. 그가 해방 직후 중국 소주에서 상해로 갔다가 거기서 일정 기간 머문 다음 귀국하게 되는데, 상해에서 생애 첫 작품으로 희곡 「유맹」을 쓴 사실은 이와 무관하다고 할 수 없다. 또한 그가 1949년 진주농과대학에서 교편을 잡고 있을 때 개교 1주년 기념공연으로 오스카 와일드의 「살로메」를 연출한 것 또한 그렇다. 「유맹」에는 '나라 잃은 사람들'이란 부제가 붙어 있다.

물론 이병주가 더 큰 관심을 가진 영역은 문학이요 또 소설이었다. 당시 그가 다니던 전문부 또는 예과는 3년제였다. 이 시기 그가 가장 집중했던 것은 독서였다. 그는 책을 읽은 감상을 공들여 독서 노트에 기록했다. 어떤 때는 한 달에 40여 권의 책을 읽고 그 감상을 기록해 두기도 했다는 것인데, 나중의 박학다식(博學多識)하고 박람강기(博覽强記)한 작가 이병주는 여기서 그 초석(礎石)을 준비하고 있었다 할 것이다. 그렇게 기록한 대학 시절의 독서 노트가 한 아름이나 되었지만, 애석하게도 사변 통에 모두 잃어버리고 말았다고 한다. 기실 이병주 같은 작가는 한 시대가 낳은 천재라는 언사가 여러 사람의 입초사에 오르내렸는데, 정작 그의 이러한 불철주야 노력을 말하는 사람은 드물었다.

아베 도모지의 권유도 있었지만, 이 시기의 이병주는 니체를 초기부터 체계적으로 통독하기 시작했다. 그는 니체를 읽으면서 자기 스스로 예외자나 고독한 존재가 되는 것을 두려워하지 않기로 했다. 그와 같은 사상을 바탕으로 그는 모든 불편과 불이익을 감수하면서까지 교련 과목 수강을 거부했다. 그런 연유로 모두 머리를 짧게 깎고 다니던 때에 그만 장발을 했다. 그는 이것이 '니체의 제자란 표식'이었다고 말했다. 말은 쉽지만 그 삼엄하던 시절에 이와 같은 행동은 대단한 용기가 필요한 일이었다. 그 1941년은 이병주가 만 20세가 되던 해였다. 메이지대학을 다니며 도쿄에 살던 때, 어느 선배의 하숙을 찾아갔다가 그는 선배들의 논쟁과 쟁투 가운데서 또 한 차례 운명처럼 도스토옙스키를 만나게 된다.

이를 계기로 이병주는 『죄와 벌』을 다시 정독하여 읽으면서, 문학이기를 넘어서 하나의 사상이라고 해도 좋을 이 러시아 작가의 새로운 세계에 빠져들게 된다. 2006년 한길사에서 이병주 선집 30권이 재출간되었을 때, 거기에는 소설만 있었을 뿐 에세이는 전혀 없었다. 이 30권은 주로 역사 소재의 문학을 엮은 것이었다. 그로부터 15년이 지난 2021년, 이병주 탄생 백주년을 기념하여 재출간 된 12권의 창작집 가운데는 에세이 2권을 포함했다. 그 중 소설은 대중문학의 경향을 가진 잘 읽히는 작품이 위주였으며, 에세이는 한 권은 '산'에 대한 것이고 다른 한 권은 '자아와 세계의 만남'을 표제로 루쉰 및 도스토옙스키와의 대화 곧 이 작가들에 대한 독서록을 묶은 것이었다.

이러한 경과는 두 경우 모두 필자가 편집의 실제 책임을 맡고

일본 메이지대학 신입생 환영회날 및 재학 시절

있었기 때문에 잘 아는 바이다. 이와 같은 작업을 수행하면서 필자가 헤아려본 바로는 그의 소설은 모두 88권, 그 외 에세이는 모두 23권 분량에 달했다. 이병주는 1941년부터 도스토옙스키를 만나고 읽고 기록하기 시작했으며 『악령』·『백치』·『죄와 벌』 등 세계문학사에 남은 작품들을 독파해 나갔다. 이 시절의 치열한 독서 경험은 그로 하여금 활달한 서사 세계를 가진 작가의 길을 예비하게 했으며, 또 소설 속 여러 자리에서 그 경험을 이야기로 풀어내는 소재의 풍성함을 가능하게 했다. 뿐만 아니다. 이 무렵 그의 독서 편력에는 중국 근대문학의 아버지 루쉰도 있고 한국의 실학 사상가 정약용도 있다.

그런가 하면 랭보, 말라르메 등 프랑스 상징주의 문학에 경도(傾度)되어 있기도 했다. '나폴레옹 앞에는 알프스가 있고 내 앞에는 발자크가 있다'라는 글을 책상 앞에 써 붙여 두었다는 것도 이때의 일일 것이다. 니체의 제자이자 루쉰의 제자로, 또 발자크의 작풍(作風)에 대한 추종자로 다양다기한 형용을 보인 것이 모두 스무 살 전후 약관의 청년이 수행한 터이니 놀라운 일이 아닐 수 없다. 이 철학과 사상의 범람하는 물결 속에서, 그는 1942년 대학 2학년 때 도쿄 조선인 유학생 농구대회에서 몽양 여운형(夢陽 呂運亨)을 만났다. 그의 소설과 에세이 여러 곳에 등장하는 여운형의 인상은 이때 각인된 것이었다.

여운형은 그날 연설에서 '양 떼에 섞여 살아온 사자 새끼'이야기를 들려주면서 학생들의 가슴에 감동의 파문을 일으켰다. 특히 『산하』에서 여운형의 암살을 안타까워하는 대목은, 이 젊은 날의 감동에 잇대어져 있는 것으로 보인다. 이렇게 일제강점기의 일본 군국주의가 횡행하던 시기에, 공간적으로 그 한복판인 일본 도쿄에서 철학과 사상과 문학을 공부하던 식민지 지식인 청년의 날이 가고 있었다. 이병주가 조선조 말의 시대사를 배경으로 쓴 소설 『바람과 구름과 비』의 서두에서 '국가불행시인행(國家不幸詩人幸)'을 인용한 그 상황이 곧 이와 같은 그의 생애에 적용되는 것이었다. 이 경구(警句)는 중국 청나라의 조익이 금나라의 시인 원호문의 시를 평하면서 쓴 말이다.

이병주는 메이지대학에 재학 중이던 1943년 8월, 고성군 이용호(李龍浩)의 장녀 이점휘(李點輝)와 결혼했다. 이 결혼에 대한 전후 사정은 잘 알 길이 없으나 『관부연락선』에 나오는 유태림의 경우를 참고할 만하다. 그 이야기에 의하면 당대의 풍속을 따른 의무적인 결혼으로 보인다. 그 당시의 국제 정세는 태평양전쟁을 유발한 일본의 전황이 점점 불리해지고 도쿄 유학생의 환경도 험악해져 갔다. 그렇게 되자 졸업이 앞당겨지고, 교련 과목을 수강하지 않은 채로 학교 당국의 배려에 힘입어 이병주는 메이지대학을 졸업했다. 결혼한 그해 9월이었다. 자신의 연보로는 와세다대학 불문과에 입학한 것으로 되어 있으나, 시간의 전말(顛末)을 살펴보면 곧바로 한국으로 돌아온 것으로 되어 있어서 아마도 입학시험에 합격했다는 것이 아닐까 추정된다.

일제는 이병주가 메이지대학을 졸업하던 1943년 10월부터 조선인 학도지원병 제도를 실시했다. 말이 '지원'이지 그에 응하지 않으면 일족에 가해지는 온갖 불이익 그리고 '징벌성 강제노동'을 감수해야 했다. 결국 그는 입학 허가를 받아둔 와세다대학에 진학하지 못한 채, 이듬해인 1944년 1월 20일 대구 소재의 일본군 20사단 80연대에 입대하게 된다. 일본 군인이 된 이병주는 중국 소주의 60사단 치중대에 배치된다. 치중대는 군수물자를 담당하는 부서였고, 여기서 그는 말 관리를 맡은 사병이었다. 이러한 학병 징집에 관한 사정은, 1958년《부산일보》에 연재된 장편소설『내일 없는 그날』에 서술되어 있다. 이 소설에 등장하는 철학 교수 성유정은 '용병의 비애'와 '노예의 삶'이란 수사(修辭)를 사용한다.

내가 중국 소주에 있었을 때의, 그 이 년간은 연령적으로 나의 청춘의 절정기였다. 그 절정기에 나의 청춘은 철저하게 이지러졌다. 일제 용병에게 어떤 청춘이 허용되었을까. 용병은 곧 노예나 마찬가지다. 노예에게 어떠한 청춘이 허용되었을까. 육체의 고통은 차라리 참을 수가 있다. 세월이 흐르면 흘러간 물처럼 흔적이 없어지기 때문이다. 그러나 정신이 받은 상흔은 아물지를 않는다. 우선 그런 환경을 받아들인 데 대해 스스로 용서할 수 없기 때문이다. 그런데 일제 용병의 나날엔 육체적 정신적 고통이 병행해서 작용하고 있었다. 일제 때 수인들은 고통 속에서도 스스로를 일제의 적으로서 정립할 수는 있었다. 그런 일제의 용병들은 일제의 적으로서도 동지로서도 어느 편으로도 정리할 수가 없었다. 강제의 성격을 띤 것이라곤 하지만 일제에게 팔렸다는 의식을 말쑥이 지워버릴 수 없었으니 말이다.

이병주는 그 치욕스러운 신상(身上)에 관한 소회를 1980년에 쓴 단편 「8월의 사상」에서 서술했다. 『관부연락선』에서도 '유태림의 편지'를 통하여 학병 징집으로 강제된 '병정'의 의미에 대해 자조적으로 탄식하는 대목이 있다. 그런데 이병주가 중국의 소주에 배치된 것은 불행 중에서도 다행이었다. 그 지역의 일본군 60사단은 태평양전쟁 기간 중 단 한 번도 본격적인 전투를 치르지 않았던 것이다. 1945년 초에 이병주는 오른손 중지를 다치고 파상풍을 염려한 의사의 권고로 그 한 마디를 절단한 것으로 알려져 있다. 그런가 하면 상숙(常熟)이란 곳에서 옛날 진시황 때 만들어진 운하 '크리크'에 빠져 죽을 뻔했는데, 그를 열 살쯤 되는 중국 소년이 구해주었다. 「어느 황제의 초상」에는 그 소년 '사동수'의 이야기가 사뭇 감동적으로 그려져 있다.

그해 8월, 마침내 일제가 패망하고 해방의 날이 왔다. 이병주는 9월 1일 현지 제대를 하고 이듬해 1946년 3월 귀국할 때까지 6개월 남짓의 기간을 상해에 머물렀다. 이 시기에 그는 여러 가지 다양한 경험을 하게 되는 터인데, 특히 채기엽(蔡基葉)이란 이의 도움을 받아 거소(居所)를 얻고 거기서 첫 작품인 희곡 「유맹」을 쓰게 된다. 이 작품에는 '나라를 잃은 사람들'이란 부제가 붙어 있으며, 당시 상해에서 바라본 인간 군상에 대한 이야기를 담고 있다. 이 시기와 관련하여 「변명」이란 단편소설에서는, 이때 만난 '장병중'이란 인물이 일본군 간첩에서 애국자로 변신하여 나중에 국회의원에 출마하는 웃지 못할 사건이 그려져 있다. 다음은 『관부연락선』에 기술된 그 시절 상해의 모습이다.

당시 상해의 거리는 한국 사람으로 해서 더욱 소란했다. 일본도에 권총까지 찬 과잉무장으로 설치는 일당이 있는가 하면 숙소의 옥상에 기관총을 걸어 놓고 법석대는 부류도 있었다. 이런 소동이 계속되는 동안에 한때 영웅처럼 상해의 교포사회에 군림하던 이소민(李素民)이 중국 관헌에게 체포되는 촌극도 있었다.
해방된 조국에의 귀환을 앞두고 이처럼 창피스러운 포섭 공작이 벌어진 것은 중국 군벌의 사고방식이 작용한 탓이기도 했다. 병정 100명을 모아 가지고 가면 영관이 되고 1,000명 이상을 모으면 장관이 되는 군벌의 관행(慣行)이 있었던 것이다. 말하자면 해방된 조국에 대한 인식의 착오가 이만저만이 아니었고 시대착오 역시 상식을 넘을 정도였다.
이러한 틈바구니 속에서 다소의 고통은 없지 않았으나 유태림의 상해 생활은 화려했다고 한다. 중국 각지에서 각양각색의 경험을 치른 사람들과 사귀어 그 경험을 배우기도 했고 전 일본군의 간첩이 애국자로 표변한 사례 등을 통해서 인생을 배우기도 했다.

채 씨를 비롯한 몇몇 후원자가 있었기 때문에 물질에 궁하지 않았고 비가담(非加擔)의 태도를 내세워 당 아닌 당, 조직 아닌 조직의 보스로서 사랑과 존경도 받았던 모양이다. 그러나 이 모두는 달리 쓰어질 이야기의 줄거리가 된다.

이병주가 상해에서 쓴 처녀작 「유맹」은 상해의 그와 같은 모습을 잘 보여주고 있는 3막 4장의 희곡이다. 「유맹」의 배경은 1937년 상해 외국인 공동거류지다. 1917년 러시아 혁명을 반대한 세력인 백계 러시아인이 경영하는 하숙집에서 하숙생, 항일 중국인, 일본 헌병 사이에 일어난 사건을 다루며 조국 재건에 대한 희망과 절망을 그렸다. 이 작품은 개인적인 애정 문제와 그 시대의 사회 문제가 함께 진행되다가 서로 결부되는 서사구조를 가지고 있다. 1959년 잡지《문학》11월호와 12월호에 각각 '상편'과 '중편'으로 나뉘어 실린 것으로 작품 전체의 2/3에 해당한다. 그해 12월호로 《문학》이 폐간되면서 '하편'은 실리지 못했고 지금까지 그 원고를 찾을 수 없다.

2-3. 진주 10년과 6·25동란

1946년 3월 상해에서 귀국한 이병주는, 그해 9월 15일 모교인 진주농림중학교 교사로 발령이 났다. 처음에는 서울에서 일자리를 구하려 했으나, 잠시라도 가까이 살고 싶다는 부친의 요청을 뿌리칠 수 없었던 결과였다. 여러 차례 교명이 변경된 끝에 진주농림중학교가 된 이 학교에서 그는 영어와 윤리를 담당했다. 이러한 교사 생활에 대한 이야기는 『관부연락선』이나 「추풍사」에 잘 나타나 있다. 이때의 이병주는 좌익 교사로 분류되기도 했으나, 어느 모로 보더라도 그가 좌익 사상에 침윤한 경우는 예상하기 어렵다. 역사와 정치 문제를 다루는 모든 소설에서 그는 언제나 중도의 관찰자로서 그 입장을 유지하고 있기에 그렇다.

1976년 1월호 《현대문학》에 발표된 단편소설 「여사록(如斯錄)」에는 이 시기 이병주가 함께 일했거나 교유한 사람들의 면면과 그 삶의 풍경이 잘 그려져 있다. 작품에 등장하는 변형섭·정영석·김용달·이현규·이청진·안희상·이우주는 실제 인물 변경섭·정범석·김용관·이현수·이근진·안치상·이우수의 이름을 한 글자만 바꾸어 놓은 것이다. 이들은 모두 그 해방공간의 혼란기에 지식의 수준과 사회적 영향력에 있어 괄목할 만한 인사들이었다. 혼란한 세상이 걸출한 인물을 배출하는 것은 예로부터 익히 있어 온 일이지만, 한 시기에 이들이 한 학교에 함께 근무한 것은 주목할 만한 일이 아닐 수 없다. 그런데 그 당시의 학교는 좌·우익의 극한적인 대립으로 편할 날이 드물었다.

그렇게 두 해가 흘러가고, 1948년 10월 1일 이병주는 진주농과대학(현 경상대) 강사로 발령이 났다. 하지만 진주농림중학교 교사직은 그대로 유지했다. 진주농과대학에서 그가 담당한 과목은 영어, 불어, 철학이었다. 이듬해 1949년 6월 26일 백범 김구가 암살로 서거했다. 그렇게 정국은 급박하게 소용돌이치고 있던 때였다. 그해 10월 이병주는 진주농과대학 개교 1주년 기념 연극「살로메」를 연출, 일찍이 일본 유학 중에 연극론을 공부하고 상해에서 희곡「유맹」을 쓴 일에 이어 공연예술의 실행을 보였다. 이병주의 각색과 해설이 덧붙여진 이 연극은 그런대로 성공을 거두었고, 그 정황은『관부연락선』에서 유태림의「살로메」연출로 치환되어 나타난다.

그해 11월 이병주는 진주농과대학 조교수로 발령을 받고, 12월 진주농림중학교 교사직을 사임했다. 이렇게 교직에서의 그의 삶

6·25동란 직후 진주 해인대 재직 시절
부인과 함께

이 안정된 자리를 찾아가고 있을 때, 시대는 새로운 운명의 순간을 몰아오고 있었다. 곧 1950년 6월 25일 한국전쟁의 발발이었다. 전쟁이 일어난 지 한 달이 지난 7월 31일 진주가 인민군에 함락되었다. 이병주는 밤을 도와 아끼던 책을 천장 위와 마루 밑에 숨기고 또 땅에 묻기도 했다. 그리고 8월 1일 솔가(率家)하여 처가가 있는 인근의 고성읍으로 향했다. 그 와중에 즉결처분된 보도연맹원의 시신들을 보고, 그는 심각하게 '조국의 부재(不在)'를 느끼게 된다. 이는 추후 그가 '조국은 없다. 산하만 있을 뿐이다'라는 칼럼을 쓰고 군사정부에 의해 10년 형 선고에 2년 7개월 감방살이를 하는 사태를 떠올리게 한다.

8월 중순이 되자 인민군이 고성을 점령했다. 이병주는 하동 북천에 있는 부모가 걱정되어 진주를 들러 되돌아가던 중에 정치보위부로 끌려갔다. 천신만고 끝에 풀려났으나 다시 사천읍 내무서에 구금되고 진주로 송치되었다가 좌익 사상가 권달현의 도움으로 석방되었다. 권달현은 전시 문화단체를 만들자면 이모(李某) 같은 사람이 꼭 필요하다고 진주시 인민위원회 문화부장을 설득했다. 그러한 연유로 이병주는 풀려난 후 오래지 않아 문화선전대 연극동맹을 조직하는 일을 맡게 된다. 연극동맹이 결성되자 이동(移動)연극을 준비하라는 지령이 내려왔으나, 『관부연락선』의 유태림을 참고해 보면 이병주는 각본 선택과 연습 기간을 핑계로 지연 작전을 쓰며 버텼다.

당에서 파견 나온 지도원은 'H 방면'으로 출발하라고 명령했고, 단원 27명의 운명도 위태로웠다. 그러다가 9월 말에 진주가 수복되고 인민군이 패주하게 되자 극단은 저절로 해산되었다. 그러나 이 일로 이병주는 '부역자' 혐의를 받아 당국의 조사를 받게 된다. 무엇보다도 이 무렵 그의 가장 절친한 친구 이광학(李光學)이 학생동맹원에게 붙들렸다가, 인민군이 퇴각할 때 사살되었다는 소문을 들었다. 그해 1950년 9월 이병주는 진주농과대학 교수직을 사임하고, 12월 미군방첩대(CIC)에 체포되었다가 다시 불기소 처분으로 풀려났다. 해가 바뀌어 1951년 고향 하동으로 돌아와 가업(家業)인 양조장 일을 돌보다 5월 봄날에 세상을 버리고 출가하기 위해 해인사로 들어갔다.

그로부터 1년 정도의 기간을 반(半) 승려 생활을 하면서, 이병주는 독서와 음주로 소일한 것으로 되어 있다. 그가 1984년 3월 17일 자로 《동아일보》에 기고한 글을 보면, 1951년 5월 강고봉(姜高峰)이란 승려를 통해 출가하려 했지만 그 '고봉 스님'은 이를 수락하지 않았다고 한다. 험난한 세파와 절친의 벗을 잃은 상심에서였으나, 출가가 그렇게 만만한 일은 아니었던 터이다. 이병주가 '최범술의 국민대학'이 교명을 바꾼 해인대학(현 경남대)의 요청에 따라 다시 강사 생활을 시작한 것은 1952년 5월로 추정된다. 그러나 당시 해인대학이 난리 가운데 해인사나 진주가 아닌 부산에 있었다는 사실에 비추어 보면, 해인대학이 진주에 이어 마산으로 이전하기 전까지는 제대로 강단에 섰다고 하기는 어려워 보인다.

그해 7월 13일 빨치산이 해인사를 습격했고, 이병주는 빨치산에 끌려갔다가 친구의 도움으로 하루 만에 탈출한 것으로 알려져 있다. 실로 파란만장한 시대였다. 그 이후 그는 진주로 거주지를 이전했고, 해인대학 또한 진주시 강남동으로 이전했기 때문에 대학에 안주할 수 있었던 것 같다. 그런데 당시 해인대학에는 최범술의 대학 운영에 문제를 제기한 교수들로 인하여 1953년 초부터 1954년 4월 말까지 분규가 계속되었고, 이병주 또한 최범술의 반대파를 지지하며 강의를 계속했다. 그리고 1954년 5월 20일 그는 하동군에서 제3대 민의원 선거에 출마했으나 3위로 낙선했다. 그가 선거에서 출마하여 낙선한 것은 두 번이다. 지금은 국회의원 선거라 부르는 것으로 1954년 3대, 1960년 5대 선거에서였다.

이병주와 같이 당대의 선두에 서 있던 지식인 청년이자 장년이 의정 단상으로 나갔다면 뭔가 새로운 역사가 가능했으리라 기대해 볼만 하지만, 그에게는 정치 선출직의 인연이 없었다. 단편소설 「패자(敗者)의 관(冠)」에는, 이병주를 대신하는 노신호라는 인물이 국회의원에 출마하는 이야기가 나온다. 1954년의 선거에서 이병주는 치명적인 상처를 입었다. 단순히 낙선한 것이 그 이유가 아니라, 소설에서 언술된 것처럼 "선거 도중 당국이나 자유당에 의해서 빨갱이란 낙인이 찍혀버린 것" 때문이었다. 소설에서 노신호는 공사장 날품팔이를 하다 죽는다. 작가로서 이병주는, 자신의 대역

노신호에게 '패자의 관'이 씌워졌다고 썼다. 아마도 자신의 행위에 대한 확인과 변명 또는 항변, 그리고 위무(慰撫)를 위해 이 소설을 쓰지 않았을까 짐작된다.

이병주가 몸을 담고 있던 해인대학은 1956년 4월 마산시 완월동으로 이전했고, 그도 이때를 전후하여 마산으로 거주지를 옮겼다. 마산에 살면서 이병주가 교류한 인사들 중에는 혁신적인 사고를 가진 이들이 많았다. 그는 해인대학에서 강의를 하면서, 장차 한국문학의 큰 작가로 자신을 추동할 소설 쓰기의 체험들을 쌓아나간다. 1968년 7월부터 《경남매일신문》에 연재형식으로 발표한 장편소설 『돌아보지 말라』는 마산을 배경으로 한다. 마산 결핵요양소를 무대로 서로 교차하는 남녀 간의 운명적이고 슬픈 사랑 이야기를 다룬 소설이다. 1972년 11월호부터 《현대여성》에 『망각의 화원』으로, 1978년 2월호부터 《법륜》에 『인과의 화원』으로 발표한 작품이 모두 이를 이어받거나 약간 변형된 마산 소재의 소설들이다.

2-4. '언론'의 영광, '감옥'의 반전(反轉)

　　마산에서 새로운 삶을 시작한 이래, 이병주는 『내일 없는 그날』이라는 장편소설을 1957년 8월 1일부터 이듬해 2월 25일까지 《부산일보》에 연재한다. 아직 작가로서 그 명호(名號)를 내걸기 전이었다. 이 소설은 1959년 국제신보사에서 단행본으로 출간되었다. 대체로 그의 연보에는 1965년 《세대》에 발표한 중편소설 「소설·알렉산드리아」가 데뷔작으로 되어 있으나, 실제로는 『내일 없는 그날』이 그의 첫 소설이었다. 이 소설은 이후 이병주 문학의 방향성을 예고하는 하나의 풍향계로 읽힌다. 성유정이란 주인공이 등장하여 사실과 허구의 조합, 현실적인 대립 문제에 대한 중간자적 태도, 순응과 저항의 대조적인 캐릭터 구현 등의 창작 방법을 시현(示現)한다.

　　이 소설은 추후 영화와 TV 드라마로도 제작되어 대중적인 인기를 누렸다. 1958년 1월 이병주는 해인대학의 학보 《해인대학보》의 주간 교수를 맡고, 그해 11월 5일에는 《국제신보》 상임논설위원으로 발령이 났다. 교수직과 논설위원 직을 겸임하다가 몇 달이 안 되어서 교수직을 사임한 것으로 추정된다. 1959년 7월 1일 《국제신보》 주필을 맡게 되었는데, 그달 17일 《국제신보》가 주관한 '시민위안회' 행사에서 사고로 인해 시민 67명이 압사하는 참사가 발생했다. 사건은 비극이었지만 이 사건에 대한 사과문과 여러 차례의 관련 사설은 당시 주필과 논설위원들의 진심 어린 사죄 그리고 뛰어난 필력으로 높이 평가된다. 그 7월 31일 그의 부친 이세식이 타계했다. 그해 9월 25일 그는 편집국장 직을 겸하게 되었다.

1960년 1월 박정희 소장이 부산 군수기지사령부의 사령관으로 취임하여 부산으로 왔다. 이병주는 박정희 그리고 당시 《부산일보》 주필이었던 황용주와 술자리를 함께 하고 삼총사(산바가라스 さんばがらす, 三羽鳥)라 호명하는 친분을 쌓았다. 이 모임은 그해 12월 박정희가 대구 제2군 부사령관으로 취임하여 떠날 때까지 여러 차례 계속되었다. 술자리에서 세 사람의 대화는 여러 경로를 통해 알려져 있다. 박정희는 당시의 정국에 대해 강력한 비판을 마다하지 않았고 황용주 또한 그에 크게 다르지 않았으나, 그때까지 여러 풍상을 겪은 인도주의자이자 문학 중심주의자 이병주는 보다 온건하고 미온적이었다. 박정희는 이에 대해 적지 않은 불만을 내비쳤다는 것이다.

이 무렵의 부산 생활은 이병주의 소설 여러 곳에서 수시로 출현

《국제신보》주필 겸 편집국장 시절(위)
노벨문학상 수상작가 펄 벅의 국제신보 방문 당시(아래)

한다. 이병주 문학에 있어 현대사회의 애정 문제를 주로 다룬 대중문학적 소설군 가운데 하나인 『배신의 강』은, 1970년 1월 1일부터 12월 30일까지 한 해 꼬박 《부산일보》에 연재했다. 부산을 작품 배경으로 일본인이 남긴 귀속재산을 둘러싼 치열한 암투를 그린 이 소설은, 기업 문제를 다룬 그의 소설들에 하나의 원형이라고도 할 수 있다. 그는 「작가의 말」에서 '우리 부산'이란 표현을 쓰고 있다. 1972년에 발표한 중편소설 「예낭 풍물지」의 예낭은 매우 이국적인 이름을 갖고 있긴 하나, 작품 속에서 묘사되는 배경과 지리 및 인구의 구조를 보면 두말할 것도 없이 부산이다. 이 소설은 10년 형 가운데 5년을 살고 출옥한 주인공의 이야기다. 그는 예낭 빈민촌에 살면서 그 주변 사람들의 삶을 한편으로는 사실적으로, 다른 한편으로는 상징적으로 그렸다.

1960년 12월과 1961년 1월에 이병주는 두 편의 논설을 썼다. 앞의 것은 당시 월간 《새벽》의 주간을 맡고 있던 신동문(辛東門) 시인의 요청으로 1960년 12월 그 잡지에 실은 「조국의 부재(不在)」라는 글이었고, 다음의 것은 1961년 1월 1일 자기 신문의 연두사(年頭辭)로 「통일에 민족역량을 총집결하자」는 글이었다. 결과부터 말하면 5.16 군사쿠데타 이후 그는 이 글들로 징역 10년을 선고받았다. 2년 7개월의 수형생활 끝에 풀려나기는 했지만, 나중에 한 인터뷰에서 그는 "두 개에 징역 10년을 선고받았으니까, 논설 1편에 5년씩인 셈"이라고 했다. 혁명의 주역 박정희와의 인연을 생각하면 부당한 필화 사건이 더욱 억울한 일이었고, '산바가라스'의 황용주가 구금되었다가 곧 풀려난 경우에 비추어 보더라도 짧지 않은 수감 기간이 한 맺힌 세월일 수밖에 없었다. 다음은 순서대로 그 두 논설의 문면(文面) 중 일부다.

조국이 없다. 산하가 있을 뿐이다. 이 산하는 삼천리강산이란 시적 표현을 가지고 있다. 삼천리강산에 삼천만의 생명이 혹자는 계산하면서 혹자는 계산할 겨를도 없이 스스로의 운명대로 살다가 죽는다.

조국은 또한 향수에도 없다. 기억 속의 조국은 일제의 지배 밑에 신음하는 산하와 민중, 해방과 이에 뒤이은 혼란을 고민하는 산하와 민중, 그리고는 형언하기도 벅찬 이정권(李政權)의 12년이다.

역사 속의 조국은 신라와 고려의 명장(名匠)들의 업적으로 아직껏 빛나고 있지만 이건 전통으로서 생명을 잇지 못하고 단절된 한때의 기적으로서 안타까울 뿐이다.

진정 조국의 이름을 부르고 싶을 때가 있었다. 8·15의 해방. 지난 4·19의 그날. 이를 기점으로 우리는 조국을 건설할 수가 있었다. 그 이름 밑에서 자랑스럽고 그 이름으로 인해서 흔연(欣然) 죽을 수 있는 그러한 조국을 만들어나갈 수가 있었다. 그러나 이조(李朝) 이래의 추세는 점신(漸新)한 의욕을 꺾었다. 예나

다름없는 무거운 공기, 회색 짙은 산하,

조국이 부재한 조국. 이것이 오늘날 우리들의 조국의 그 정체
다. 다시 말하면 조국은 언제나 미래에 있다. 희망 속에 있다.
그러면 어떠한 힘이 조국을 만들어낼 것인가. 이 회색의 대중
속에서 어떠한 부류가 조국 건설의 기사(技師)를 자처하고 벅찬
의욕과 실천력으로써 등장할 것인가.

…같은 국토를 갈라놓고 총과 총이 맞서 있다. 한풍설야 속에서
무장을 엄하게 한 장정이 한편은 북으로 한편은 남으로 경계의
눈을 부릅뜨고 있다.
누가 누구를 경계하는 것이냐?
어디로 향한 총부리냐?
무엇을 하자는 무장이냐?…
혜산진에서 제주도에 이르기까지 이 아담한 강토가 판도(版圖)
로서 스칸디나비아반도의 나라들처럼 복된 민주주의를 키워 그
속에서 행복하게 살고 싶다. 이렇게 되기 위한 준비의 시간으로
서 1961년의 해를 활용해야만 한다. 통일을 위해서 민족의 전
역량을 집결하자!
이 비원(悲願) 성취를 위해서 민족의 정열을 집결하자!

「조국의 부재」는 6·25를 경험하면서 '조국 부재'라는 시니컬

한 사상을 갖게 된 결과인데, 이병주는《마당》1984년 11월호 인터뷰에서 "우리가 애착할 수 있는 조국을 만들어야겠다는 결론을 내리기 위해 쓴 말인데, 그걸 가지고 '조국이 없다'고 조국을 부정했으니 반국가적이라고 했다"고 해명했다. 「통일에 민족역량을 총집결하자」 또한 상식적으로 문제 될 것이 없었다고 할 터인데, 5·16 이후 조직된 혁명검찰부와 혁명재판소는 이를 사상범의 글로 몰아갔던 것이다. 더욱이 이 두 편의 논설을 쓸 무렵, 이병주는 박정희와 여러 차례 술자리를 갖던 때였다. 그런가 하면 1961년 4월 25일 국제신보사가 발행한 『중립의 이론』이란 책자가 죄목을 보태었다. 이 책은 이병주를 비롯한 여러 사람의 글 모음이었다.

어쨌거나 그는 감옥에 갈 운명의 사슬에 벗어나지 못했다. 1961년 5월 20일 체포되고, 7월 2일 《국제신보》에서 '주필 겸 편집국장 이병주'란 이름이 사라졌으며, 11월 29일 재판에서 혁명검찰부가 징역 15년을 구형했다. 그리고 12월 7일 혁명재판부는 피고인 이병주에게 징역 10년 형을 선고했다. 이듬해 1962년 2월 2일 이병주의 변호인단이 제출한 상소가 기각됨으로써 10년 형이 확정되었으며, 곧 부산교도소로 이감되었다. 그의 출감은 다음 해 1963년 '특사'로 인한 것이었다. 당사자로서는 이루 말할 수 없이 억울한 옥살이였다. 그러나 모든 일에는 동전의 앞뒷면처럼 두 영역이 함께 있는 터여서, 그의 수감생활이 가져다준 만만찮은 변화가 수

1963년 교도소 출소 때 어머니 김수조 여사와 함께(위)

1963년 출옥하던 날 친지·동료들과. 뒷줄 오른쪽 두 번째가 이병주 작가
(아래)

반되었다.

만약에 이 필화 사건으로 인한 감옥 체험이 없었더라면, 그는 언론인의 본업에 작가라는 부업을 갖고 살았을 가능성이 높다. 하지만 2년 7개월의 절치부심 통한이 그 순서를 교정해버렸다. 어쩌면 그의 수감이 아니었다면, 우리는 한국문학의 한 세기를 가로지른 불세출의 작가 이병주를 얻지 못했을지도 모르는 일이다. 그래서 '반전(反轉)'이란 표현이 가능한 것이다. 그의 이러한 상황을 두고 훗날 2014년에 그의 지기(知己)의 벗이었던 언론인 남재희는 "술친구였던 박 대통령이 자기를 2년 7개월이나 감옥살이를 시키다니…. 잡혔을 때는 그러려니 했지만 시일이 지날수록 원한이 사무치게 된 것이다. 그러나 참았다. 그러다가 박 대통령이 죽고 난 다음 이병주는 박정희를 역사의 심판대에 올렸다"라고 했다.

그와 같은 정황은 이병주의 여러 소설에서 이 모습 저 모습으로 등장한다. 그중에서도 특히 1984년에 출간하여 5·16 군사쿠데타를 정면으로 검증하고 비판한, 5권 분량의 『그해 오월』이 가장 집중적이다. 그런가 하면 1990년에 출간하여 박정희의 인간적 면모를 부정적으로 드러낸, 3권 분량의 『그를 버린 여인』이 있다. 이 두 장편소설은 그야말로 남재희가 강조한바 '역사의 심판대 위에 선 박정희'의 모습을 적나라하게 서술한다. 감옥에서의 이병주는 자신의 사상을 폭넓게 가꾸는 독서에 열중했고, 무엇보다도 중국의 역사가이자 『사기(史記)』의 저자 사마천을 만나 스스로의 역사관

에 깊이를 더했다. 그렇게 본다면 그의 사연 많고 탄식도 많은 감
옥 생활이 결코 허송세월이 아니었다고 할 수밖에 없다.

1965년 「소설·알렉산드리아」 집필 당시(위)
1965년 「소설·알렉산드리아」 발표 후(아래)

2-5. 작가 이병주, 본격적 입신(入身)

1963년 말 추운 겨울날에 영어(囹圄)의 몸에서 풀려난 이병주
는, 한때 폴리에틸렌 사업을 시작하여 지금까지와는 전혀 다른 분
야의 활동을 했다. 그러나 이 천생(天生)의 작가가 사업가로 성공
할 가능성이 컸을 리 없다. 그는 이후에도 1966년에 '신한건재'라
는 기업을 경영했으나, 결과는 마찬가지였다. 아들 이권기 교수의
회고에 의하면, 사업을 할 때의 이병주는 사장실에 앉아 글만 쓰
고 있었다 한다. 그리고 직원들에게는 원고료를 받아 월급을 준다
고, 기다리라 했다는 것이다. 1965년 1월, 그는 다시 본업의 길을
찾아《국제신보》논설위원으로 돌아갔다. 그리고 드디어 그해 6월
월간 잡지 《세대》에 중편 「소설·알렉산드리아」를 발표함으로써
공식적이고 본격적인 작가의 출범을 알렸다.

이는 작가 자신에게는 물론, 한국문학사에 있어서도 만만찮은
하나의 계기가 되었다. 그 당시로 돌아가 보면 그의 데뷔작 「소

설·알렉산드리아」를 읽고 그 독특한 세계와 문학성에 놀란 여러 사람의 글을 볼 수 있다. 뿐만 아니라 그로부터 50여 년이 지난 오늘에 그 작품을 다시 읽어보아도 한 작가에게서 그만한 재능과 역량이 발견되기는 참으로 쉽지 않은 일이겠다는 독후감을 얻을 수 있다. 산뜻하면서도 품위 있게 진행되는 이야기의 구조, 낯선 이국적 정서를 작품 속으로 끌어들여 쉽게 접근할 수 있도록 용해하는 힘, 부분 부분의 단락들이 전체적인 얼개와 잘 조화되면서도 수미상관하게 정리되는 마무리 기법 등이 이 한 편의 소설을 편만(遍滿)하게 채우고 있었던 것이다.

사정이 그러하니 작가로서는 아직 무명인 그의 이름을 접한 이들이 놀라는 것은 무리가 아니었다. 작가는 자신의 문학적 초상에 관해 서술한 글에서, 이 작품을 두고 '소설의 정형'을 벗어난 것이지만 그로써 소설가로서의 자신이 가진 자질을 가늠할 수 있었다고 적었는데, 미상불 그 이후에 계속해서 발표된 「마술사」, 「예낭풍물지」, 「쥘부채」 등에서는 소설적 정형을 온전히 갖추면서도 오히려 그것의 고정성을 넘어서는 창작의 방식을 보여 주기 시작했다. 이러한 초기의 작품들에는 문약한 골격에 정신의 부피는 방대한 문학청년이 등장하며, 거의 모든 작품에 '감옥 콤플렉스'가 나타난다. 이는 작가의 현실 체험이 반영된 한 범례이며 향후 지속적으로 그의 소설 구성에 있어 하나의 원형이 된다.

이 소설은 당시 이병주가 친하게 지내던, 앞서 언급한 시인 신동문의 여러 차례에 걸친 소설 창작에의 권유가 동인(動因)이 된 것으로 보인다. 그리고 당시 《세대》의 편집장이었던 문학평론가 이광훈의 적극적인 역할이 있었다. 이광훈이 예견한 대로 이 소설은 《주간한국》 등 다른 잡지 및 독자들에게 '폭발적 반응'을 불러일으켰다. 그동안 여기저기 소설을 써 오던 언론인이자 무명 작가였던 그를 일거에 '문단의 별'로 밀어 올린 사건이었던 셈이다. 당시 조선일보 문화부장이었던 남재희 또한 이병주의 열혈 애독자이자 친구가 되는, '이병주 사단'의 대열에 합류했다. 그는 당대 문명(文名)이 높던 문학평론가 유종호에게 소설평을 청탁했고, 유종호는 이 소설의 주인공이 '사라'도 '한스'도 아닌 수인(囚人)인 '형'이라고 진단했다.

> 1961년 5월, 나는 뜻하지 않은 일로 이 직업(언론인)을 그만두지 않으면 안 되었다. 천성 경박한 탓으로, 정치적 대죄를 짓고 10년이란 징역을 선고받았다. 그런데도 2년 7개월 만에 풀려 나온 것은 천행이었다. 이때의 옥중기를 나는 「알렉산드리아」라는 소설로서 꾸몄다. 대단한 인물도 못 되는 인간의 옥중기가 그대로의 형태로서 독자에게 읽힐 까닭이 없으리라 생각한 나머지, 나의 절박한 감정을 허구로서 염색해 보기로 한 것이다. 이것이 소설로서 어느 정도 성공했는지는 내 자신 알 길이 없으나, '픽션'이 사실 이상의 진실을 나타낼 수 없을까를 실험해 본 것으

로 내게는 애착이 있다.

당시 300페이지 안팎의 잡지에 무려 550장에 이르는 중편을 한꺼번에 싣는다는 것은 처음부터 무리한 일이었다. 그러니까 게재 여부에 대한 내 대답도 시큰둥할 수밖에 없었다. 게다가 나는 그때까지도 '이병주'란 이름 석 자도 제대로 모르는 풋내기 편집장이었고, 그때까지만 해도 이병주 씨는 중앙 문단에 정식으로 데뷔한 적이 없는 '무명작가'였다. 그 무명작가에게 지면의 거의 4분의 1을 할애해야 한다는 것은 그야말로 '결단'이 있어야 했다.

신동문 씨는 일단 한번 읽어보기만 하라면서 원고를 맡기고 갔다. 낮에는 도저히 볼 시간이 없어서 결국 퇴근 뒤 집에 갖고 와서 읽기 시작했다. 한번 읽기 시작하자 좀처럼 놓지 못한 채 550장을 한꺼번에 읽어버렸다. 지금도 나는 그 당시에 받았던 충격적인 감동을 잊지 못하고 있다. 우리나라에 이런 소설도 있었구나.

두 개의 예문 중 앞의 것은 1968년에 발표된 「마술사」에서 이병주 스스로 「소설·알렉산드리아」를 창작한 심리적 근거를 기술한 것이다. 그리고 뒤의 것은 《세대》에 이 소설을 실은 이광훈이 나중에 1991년 계몽사에서 나온 『우리 시대의 한국문학』 13권에서 그

이병주 작가의 문단 데뷔작『소설·알렉 산드리아』(1977년판) 표지

를 '우리 시대의 거인'으로 회고하면서 당시의 상황을 반추한 것이다. 이병주는 「소설·알렉산드리아」에서 감옥에 있는 '형'의 입을 빌어, 자신이 감옥에 있어야 했던 '죄'를 만들어냈다. 그는 소설에서 "불효한 아들이었다. 불실한 형이었다. 불실한 애인이었다. 불성실한 인간이었다. 이 세상에 나지 안 했으면 좋았을 사람이 본연적(本然的)으로 지닌 죄, 이것을 원죄라 해도 좋다"라고 기록했다. 그런데 이러한 반성적 성찰은, 참으로 억울하고 아픈 날에 대한 대사(代謝)이기는 하나, 궁극에 있어서는 그를 대작가로 추동하는 힘이 되었다 할 터이다.

「소설·알렉산드리아」에는 향후 그의 소설 세계 전체의 진행 방향, 또는 그가 설정하고 있는 소설의 운명적 존재 양식에 관한 예표가 여러 유형으로 함축되어 있다. 이청준의 「퇴원」이나 전상국의 「동행」이 그러하듯이 한 작가의 첫 작품이 그와 같은 예표의 기능을 수행하는 사례는 흔히 있는 경우이며, 이병주의 이 소설은 더 나아가 이 작가가 새롭게 고양할 수 있는 문학성의 수준도 함께 추산하게 한다. 데뷔작이 그러하기까지 작가의 역량도 역량이지만, 늦깎이로 시발하는 그 지점에서 작품의 부피 또는 깊이에 공여할 수 있는 삶의 관록과 세상사의 이치를 투시하는 안목이 괄목할 만한 수준으로 형성되어 있었던 것이다.

「소설·알렉산드리아」에서 볼 수 있는 고독한 수인(囚人)의 자가발전적 철학의 세계, 그 범주가 넓고 그 내용이 드라마틱한 이야기를 끌고 나가는 특별한 인물들, 시대사와 사회사를 읽고 평가하며 설명하는 기록자의 존재, 인생의 운명을 소설의 발화방식에 기대에 표현하는 결정론적 시각, 그리고 우리 근·현대사의 불합리를 추출하면서 역사와 문학의 상관성을 드러내는 방식 등이 이 한 편의 소설 가운데 잠복해 있다. 「소설·알렉산드리아」를 구체적으로 점검하려면 이러한 소설적 요소들을 적시(摘示)하고 분석하는 형식의 시각이 필요하다. 그런 만큼 그의 소설에 접근하는 경로는 다양하게 설정되는 것이 옳겠다.

「소설·알렉산드리아」가 한국 문학사에 유례가 드문 새로운 얼개와 담론의 조합으로 구성되어 있다는 전제 아래, 화자인 '나'와 수인에서 황제로 탈각된 '나'의 형이 보이는 인식의 방식, 그리고 작가가 사라 안젤을 비롯한 특별한 성향의 인물들을 특별하게 발화하는 그 인식의 방식은 지금도 주목할 만하다. 이처럼 이병주 소설이 가진 역사성의 문학적 발현과 이를 수용하고 있는 극적인 이야기 구조는, 후대의 작가들이 하나의 모범으로 학습해야 할 가치를 지니고 있다. 그의 세계는 이 작품에 이어 체험적 사실과 역사 소재의 장편들이 뒤따르고, 그것이 한국문학에 실록 대하소설의 새로운 형식을 유발하는 견인차가 되었기 때문이다. 특히 지리산 파르티잔을 다룬 이태의 수기 『남부군』이나 이영식의 수기 『빨치산』, 조정래의 소설 『태백산맥』 등은 이병주의 대표적 역사소설 『지리산』을 뒤이은 문학적 성과라 할 수 있다.

「소설·알렉산드리아」로 낙양의 지가를 올린 이병주는, 그 이듬해인 1966년 3월 《신동아》에 단편소설 「매화나무의 인과」를 발표한다. 이 작품은 이후에 「천망(天網)」으로 개제(改題)했다. '하늘의 그물'이란 뜻이니, 노자의 『도덕경』 73편에 있는 천망회회 소이불실(天網恢恢 疎而不失)이란 구절에서 가져온 말이다. 결국 인과응보(因果應報)를 말하는 것이다. 인생사의 보응과 비극적 운명론을 말하는 「매화나무의 인과」는 1966년 작품이고, 그 이야기는 전근대적 계급사회와 변화하는 현대 사회의 시·공간을 한꺼번에 가로지르는 동선을 가지고 있다. 소설의 줄거리도 제목이 표상하는 바와 같이 무슨 설화를 바탕에 둔 듯한 숨겨진 사연을 암시하는 형국이다. 이 소설의 시작은 '지옥이란 있는 것일까. 없는 것일까'라는 전혀 뜬금없는 화두로부터 열린다.

작가의 현학취미를 과시하듯 박람강기한 '지옥론'이 한동안 계속된 다음, 이야기는 '성 참봉집 매화나무'로 넘어간다. 그러니까 이 작품은 액자소설 형식을 취하고 있다. 표면적 이야기는 '청진동 뒷골목 언제가도 한산한 대포술집'에서 진눈깨비가 내리는 밤에 몇 사람의 친구들이 나누는 것이고, 내포적 이야기는 이들의 건너편 자리에 혼자 앉은 사나이로부터 전해들은 '지옥'에 관한 것이다. 참봉집 매화나무에 얽힌 인과의 숨은 곡절이 지옥도에 다름 아니더라는 말이 된다. 그런데 이 액자의 경계를 넘어 또 시대의 구분을 넘어, 비장(秘藏)의 과거사를 찾아가는 소설적 기술 또한 추리소설적 대중성과 그 담화의 재미에 일익을 더하고 있다.

그 과거의 이야기는 사람들의 입 초사로 시작한다. 성 참봉집 매화꽃이 다른 매화꽃보다 크고 열매도 빛깔도 남달랐다는 중론이다. 풀 한 포기가 달라 보여도 그것이 눈에 보이지 않는 미세한 작용을 안고 있는 것인데, 확연히 눈에 띄는 꽃이 그러하다면 거기에 유다른 사연이 없을 수 없다. 본시 성씨 일문의 재실 뜰에 있는 나무를 성 참봉이 그의 집 사랑 앞뜰에 옮겨 심었고, 이를 계기로 참봉의 성벽(性癖)이 달라지고 천석 거부(巨富)의 재산에 금이 가기 시작한 것이다. 덩달아 그 집 머슴 돌쇠의 태도도 게으름과 교만으로 돌변한다. 서둘러 답변부터 말하자면, 그 나무 옮겨 심은 자리에 이십 년 전 성 참봉이 저지른 살인의 시체가 묻혀 있었다. 돌쇠는 그 매장(埋葬)을 도왔다.

큰아들은 반신불수, 작은아들은 즉사, 딸은 광인(狂人)이 되어 버린 패가(敗家)의 원인행위에 순간의 탐욕으로 인한 살인사건이 있었던 것이다. 이 엄혹하고 잔인한 인과응보의 실상이 화사한 매화나무 아래 매설되어 있으니, 이야기의 박진감과 더불어 소설적 이미지의 대조 역시 하나의 극(極)을 이루었다. 액자 바깥의 사나이는 '이래도 지옥이 없나요?'라고 반문한다. 작가의 이 마지막 자작 감상은, 걷잡을 수 없는 비극의 행로와 잔인하기까지 한 식물의 생명력이 한 그루 매화나무에 겹쳐지는 그림, 괴기와 공포 그리고 우주 자연의 냉엄한 운행 이치가 한데 얽힌 그림을 완성한다. 이 작가 특유의 현란한 문장으로 장식된 에필로그는 다음과 같다.

> 이 밤이 있은 뒤 지옥이란 관념이 나의 뇌리를 스치든지 지옥이
> 란 말을 듣든지 하면, 황량한 겨울풍경을 바탕으로 하고 요염하
> 게 꽃을 만발한 한 그루 매화나무가 눈앞에 떠오르곤, 광녀 머
> 리칼처럼 흐트러진 수근(樹根)의 가닥가닥이 썩어가는 시체를
> 휘어 감고, 그 부식 과정에서 분비되는 액체를 탐람하게 빨아올
> 리는 식물이란 생명의 비적(秘蹟)이 일폭의 투시화가 되어 그
> 매화나무의 환상에 겹쳐지는 것이다.

거기에 죄지은 자 반드시 징벌을 받는다는 권선징악의 단순 논
리를 넘어, 인간의 구체적 삶에 개재된 인과와 운명론의 실상이 소
설의 담론으로 제시된 터이다. 김동리가 액자소설로 쓴 「무녀도」
가 한 폭 비극의 그림이었듯, 이병주의 액자소설 「매화나무의 인
과」는 그에 필적할 만한 다른 한 폭 비극의 그림이다. 전자가 구시
대의 세태와 새로운 시대의 문물이 문화충격을 일으킬 때 발생하
는 가족사의 비극을 그렸다면, 후자는 행세하는 한 집안의 수장이
순간의 탐욕을 절제하지 못하고 저지른 살인과 그로 인한 집안의
궤멸을 추리소설적 기법으로 그렸다. 그런데 이 모골 송연한 담화
를 추동하면서 겉보기의 이야기를 자연스럽게 풀어두고 마무리에
이르러 실상을 드러내는 완급의 조절 기량은, 이 작가가 독자의 따

라 읽기 호흡을 아주 능란하게 알아차리고 있다는 증좌 중 하나다.

그해 1966년 3월 31일 절친한 벗 김현옥이 서울시장으로 취임하고, 이병주는 이때를 전후하여 '신한건재'를 설립했으나 그 경영에 실패한 것은 앞서 언급한 바와 같다. 서울 서대문구 남가좌동에 조립식 주택 500동 건설에 착수했으나, 문사(文士)인 그가 장비 부족이나 정지공사 지연 등의 난관을 돌파하기는 어려운 일이었다. 다음 해 1967년 2월 《국제신보》 논설위원 직을 그만둔 그는, 그 다음 해 1968년 1월 《국제신보》 서울 주재 논설위원의 직함을 받아 언론계와의 연관을 유지하고 있었다. 그를 두고 나중의 평자들이 '사관(史官)이자 언관(言官)이고자 했던 작가'라는 표현을 쓰게 된다.

이때의 언관이란 이병주 글쓰기의 두 측면 곧 언론과 문학 두 영역에 함께 걸쳐져 있는 개념이다. 그해 4월부터 그는, 바야흐로 언관으로서 이병주 문학의 개화(開花)를 예고하는 『관부연락선』의 연재를 시작한다. 이 소설의 발표 지면은 《월간중앙》이었으며, 1970년 3월에 종료된다. 장편소설 『관부연락선』의 시간적 무대는 1945년 해방을 전후한 5년간, 도합 10년간이다. 그러나 이야기의 파장이 확장한 내포적 공간은 한일관계사 전반을 조망하는 1백여 년간에 걸쳐져 있다. 작가는 이 넓은 공간적 환경을 자유롭게 활용하면서, 역사적 사실을 문학적 시각으로 조망하는 글쓰기를 수행한다.

중학교의 역사책에 보면 의병을 기록한 부분은 두세 줄밖에 되지 않는다. 그 두세 줄의 행간에 수만 명의 고통과 임리한 피가 응결되어 있는 것이다.

『관부연락선』의 주인공 유태림이 의병대장 이인영의 기록을 읽으며 역사의 무게라는 것을 새삼스럽게 느끼는 대목이다. 작가는 바로 이러한 정신, 역사의 행간을 생동하는 인물들의 사고와 행동, 살과 피로 메우겠다는 정신으로 이 소설을 썼다. 그것은 곧 그만이 독특하게 표식으로 내세운 역사와 문학의 상관관계이기도 하다. 이 소설은 동경 유학생 시절에 유태림이 관부연락선에 대한 조사를 벌이면서 직접 작성한 기록과, 해방공간에서 교사 생활을 함께 한 해설자 이 선생이 유태림의 삶을 관찰한 기록으로 양분되어 있다. 그리고 이 두 기록이 교차하며 순차적으로 진행되고 있으며, 따라서 하나의 장이 이 선생인 '나'의 기록이면 다음 장은 유태림인 '나'의 기록으로 되는 것이다.

유태림의 조사를 통해 관부연락선의 상징적 의미는 물론 중세 이래 한일 양국의 관계가 드러나기도 하고, 이 선생의 회고를 통해 유태림의 가계와 고향에서의 교직 생활을 포함하여 만주에서 학병 생활을 하던 지점에까지 관찰이 확장되기도 한다. 때에 따라 관찰자인 이 선생의 시점이 관찰자의 수준을 넘어서 전지적 작가 시점으로 과도하게 진입하는 경우가 적지 않으며, 유태림에게서 들은 얘기를 종합했다는 태도를 취하면서도 실상은 유태림 자신이 아니면 설명할 수 없는 부분도 자주 목격된다. 또한 이야기의 내용에 있어서도 진행되는 사건은 허구인데 이에 주를 달고 그 주의 내용은 실제 그대로여서 소설의 지위 자체를 위협하는 대목도 있다.

이는 이 소설의 대부분이 작가 자신의 사고요 자전적 기록인 까닭으로, 사실과 허구에 대한 구분 자체가 모호해져 버린 결과로 보이며, 작가는 소설의 전체적인 메시지 외의 그러한 구체적 세부를 덜 중요하게 생각한 것이 아닌가 유추되기도 한다. 작가가 시종일관 이 소설을 통해 추구한 중심적인 메시지는, 그 자신이 소설의 본문에서 기록한 바와 같이 "당시의 답답한 정세 속에서 가능한 한 양심적이며 학구적인 태도를 가지고 살아가려고 한 진지한 한 국청년의 모습"이다. 능력과 의욕은 가지고 있으면서도 이렇게도 못하고 저렇게도 못하기로는 유태림이나 우익의 이광열, 좌익의 박창학이 모두 마찬가지였다.

일제강점기를 지나 해방공간의 좌우익 갈등 속에서도 교사와 학생들이 어떻게 처신해야 옳았으며, 신탁통치 문제가 제기되었을 때 어떻게 하는 것이 올바른 선택이었으며, 좌우익 양쪽 모두의 권력에서 적대시될 때 어떻게 처신해야 옳았겠는가를 질문하는 셈인데, 거기에 이론 없이 적절한 답변은 주어질 수가 없을 것이다. 작가는 다만 이를 당대 젊은 지식인들의 비극적인 삶의 마감, 곧 유태림의 실종 및 다른 인물들의 죽음을 통해 제시할 뿐이다.

이는 곧 "한국의 지식인이 그 당시 그렇게 살려고 애썼을 경우, 월등하게 좋은 환경에 있지 않는 한 거개 유태림과 같은 운명을 당하지 않았을까 하는 생각"이다.

또 "유태림의 비극은 6·25동란에 휩쓸려 희생된 수많은 사람들의 비극과 통분(通分)되는 부분도 있지만, 일본에서 식민지 교육을 받은 식민지 청년의 하나의 유형"이라는 기술은 곧 상황 논리의 물결에 불가항력적으로 침몰할 수밖에 없는 인간의 모습이라는 인식과 소통된다. 유태림이 동경 유학 시절에 열심을 내었던 관부연락선에 대한 연구는 바로 이 상황 논리의 발생론적 구조에 대한 탐색이었으며, 제국주의 통치국과 식민지 피지배국을 잇는 연락선이 그것을 극명하게 상징하고 있다는 인식의 바탕 위에 놓여 있다 할 것이다. 「소설·알렉산드리아」가 이병주의 출세작이었다면, 『관부연락선』은 그가 명실상부한 역사소설 작가로 진입하는 관문이 되었다 할 것이다.

이병주가 『관부연락선』의 연재를 시작한 지 두 달 후, 매우 비극적인 문단사의 사건 하나가 일어났다. 그와 동갑으로, 크게 친분이 있지는 않았으나 자주 술자리에서 어울렸던 시인 김수영의 교통사고 죽음이었다. 1968년 6월 15일 이병주가, 당시 신구문화사 주간으로 있던 신동문을 찾아 청진동으로 간 날이었다. 다섯 사람의 벗이 술자리에 함께 있다가 김수영이 먼저 홀로 귀가하는 길에 마포 자택 근처에서 급행버스에 치여 세상을 떠났다. 풍문으로는 그 자리에서 이병주에게 김수영이 비난을 퍼붓고 나갔다 하나, 그것 자체가 사인(死人)일 수는 없다. 당대 비판적 지성의 아이콘이었던 김수영의 죽음으로 이병주도 충격을 받았고, 빈소에 사람을 보내어 대신 조문했으며 시비(詩碑) 건립에도 상당한 금전적 기여를 했다고 한다.

그 비극의 날을 보낸 다음 달, 이병주는 7월 2일부터 《경남매일신문》에 장편소설 『돌아보지 말라』의 연재를 시작하고 이는 다음 해 1월 22일에 종료된다. 7월 30일에는 《국제신보》 논설위원 직을 사퇴하고, 8월에 《현대문학》에 단편소설 「마술사」를 발표한다. 이 작품을 쓰도록 권유한 이는 그의 '소중한' 조력자 신동문이었다. 그의 다른 작품들처럼 「마술사」에도 실존 모델이 있다. 보통학교 시절 동기동창이었던 송낙규(宋洛圭)였다. 그도 학병으로 끌려가 버마에서 영국과 네덜란드 포로를 감시하는 임무를 맡았는데, 전쟁이 끝난 후 전범(戰犯)으로 지목되어 처형되었다. 작품 속의 그 인물은 송인규란 이름으로 등장한다. 소설의 중심에 있는 인도인 마술사 크란파니, 운명의 여인 인레와 함께 이 작품 또한 이국적이며 기발한 착상을 보여준다.

이 소설의 화자인 '나'는 지리산 산록의 S라는 소읍에서 낙백(落魄)의 처지에 빠진 마술사 송인규를 만나고 그의 곤궁을 돕는다. 소설은 송인규와 그의 스승 크란파니, 그리고 매우 특별한 여인 인레의 이야기이고 일제강점기의 해외 전장(戰場)에서 비롯된다. 마술이 어떻게 환각을 현실화 할 수 있으며 그 기묘한 변화과정이 어떻게 독자들의 납득을 유발하도록 서술될 수 있는가를 증명한다. 마술의 실연(實演)에 거는 제동장치로서 신뢰와 사랑에 대한 배신을 매설한 것은 기막힌 서사 구조다. 한편으로 지극히 사실적이면서 다른 한편으로는 지극히 신비로운 이 담화 속에는, 학병에 동원되었던 작가의 체험과 활달한 로망의 상상력이 함께 숨 쉬고 있다. 소설을 통해 작가는 근대사의 격랑을 거쳐 온 자신을 위무하고 동시에 그 힘을 고스란히 독자들에게도 전한다.

2-6. 백화난만(百花爛漫)한 장년의 작가

　이병주가 초기의 중요한 세 작품 「소설·알렉산드리아」, 「매화나무의 인과」 그리고 「마술사」를 묶어 첫 창작집 『마술사』를 펴낸 것은 1968년 10월이었다. 이로써 그는 자기 작품집을 가진 공식적인 문인의 명패를 내건 셈이 되었다. 이듬해인 1969년 12월 발표한 단편소설 「쥘부채」는 그 입지를 한결 탄탄하게 하는 작품이었다. 필자는 이 소설이 품은 사상에 대해 쓴 글에서 '운명의 마루에 핀 사랑의 원념'이란 제목을 붙인 바 있다. 「쥘부채」는 이 작가의 전체적인 작품세계를 압축해 놓은 하나의 매뉴얼과도 같다. 아직 늦깎이 작가의 초년병 시절이다. 단편으로서는 약간 길고 중편으로서는 좀 짧은 분량 속에, 그의 소설이 가진 문학적 성격들이 모두 요약되어있는 형세다.

　체험의 역사성, 이야기의 재미, 박학다식과 박람강기, 지역적 특성 등이 저마다의 빛깔로 웅크리고 잠복해 있는 가운데로, 시대사의 질곡에 침몰할 수밖에 없었던 두 젊은이의 사랑과 그 원념이 화살처럼 꿰뚫고 지나간다. 그리고 이 기막힌 광경을 목도하는 관찰자의 눈이 있다. 관찰자의 이름은 이동식. 많이 귀에 익었다 싶으니, 곧 『산하』를 비롯한 여러 작품에 등장하는 그 해설자다. 이름만 다를 뿐 이 이동식은 『관부연락선』의 이 선생이나 『지리산』의 이규 등과 '동명동인'이기도 하고 '이명동인'이기도 하다. 그의 눈에는 '문·사·철(文·史·哲)'이 함께 비친다. 그는 소설의 이야기를 밀고 나가는 추동력이면서 동시에 등장인물들 사이의 관계와 간극을 조정하는 캐릭터로 기능한다.

이 역할을 통해 소설에 담은 사상을 분석하고 해설하는 역할을 맡았으니, 이를테면 작가의 분신이다. 이동식이 어느 겨울 서대문교도소 부근 눈길에서 부채 하나를 줍는다. 쥘부채. 길이 7센티미터, 두께 2센티미터가 조금 넘는, 손아귀에 꼭 들어오는 크기다. 그 솜씨의 섬세함과 정교함이 '음습한 요기마저 감도는 느낌'이다. 이 용의주도한 관찰자가 그냥 넘어갈 리 없다. 그런데 이 작은 부채 하나로부터 역사의 산마루를 넘다가 추락한 운명적 사랑의 잔해를 발굴해내는 작가의 기량은, 요즘처럼 경박한 문학 풍토에 비추어 보자면 거의 신기(神技)에 가깝다. 거기 타고난 이야기꾼으로서 작가 이병주의 면모가 빛나는 대목이기도 하다. 모든 문제의 해답이 문제 내부에 있듯, 쥘부채의 해답 또한 부채 안에 있었다. 신실한 해설자요 기록자인 이동식은 한 형무관을 좇아 기어이 'ㅅ,

'ㅁ, ㅅ'의 존재를 확인한다.

남자를 상징하는 나비를 크게 비긴 것을 보면 부채를 만든 사람
은 틀림없이 여자다. 그리고 나비의 날개에 남겨진 ㄱ, ㄷ, ㄱ은
남자의 이름일 게고 나리꽃의 술에 달린 ㅅ, ㅁ, ㅅ은 여자의 이
름이다.
나비와 꽃. 이것을 해명하긴 어렵지 않다. '당신은 죽어서 나비
가 되고, 나는 죽어서 꽃이 되리라'고 이 나라에 전해 내려온 상
문상사(相聞相思)의 노래에 불행한 애인이 불행한 애인에게 대
한 애절한 사랑을 담아본 것일 게다. 그러니까 상사의 부채다.

그날 새벽 여사(女舍)에서 병사한 시체 하나가 가족에게 인도
되었는데, 그 이름이 신명숙이다. 인수자와 주소가 적힌 쪽지, 그
리고 1950년대에 비상조치법 위반으로 수감되어 17년을 산 사연
도 전해 받는다. 이 어려운 숙제의 화두가 풀리자 그다음은 한결
쉽다. 물론 그 끝에 소설의 결말이 있다. M동 산 13번지를 찾아간
그 날, 그 집에선 만만찮은 소동이 벌어져 있다. 병사자의 이모네
가 영혼 결혼의 성례식을 시키려 하는데, 어떤 '거의 마흔 가까이
돼 뵈는 사람'이 나타나 성례를 하려면 자기 형님하고 해야 한다고
가로막고 나선 것이다. 이동식은 형의 이름을 물었다. 강덕기, 'ㄱ,
ㄷ, ㄱ'이었다. 그렇다면 이 방정식은 우리 해설자의 증언을 통해

지리산 잃어버린 계절

이병주

한길사

시대적 · 역사적 현실에 작가의 사상적 · 철학적 면모를 보인
대작 『지리산』(2006년판)

파탈 없이 순조롭게 풀릴 수 있다. 참으로 기막힌 한 편의 드라마, 아니 소설적 구조가 아닐 수 없다.

'부채가 할 일과 내가 할 일은 끝났다.'

그날 새벽, 부채가 거기에 떨어져 있지 않았더라도, 그것을 자기가 줍지 않았더라도 영혼끼리의 결혼이나마 어색스럽게 되었을 것이라고 생각하니 사람의 집념은 기필코 기적을 낳을 수 있을 것이란 확신을 얻었다. 동식에겐 이 확신이 소중한 것인지 몰랐다.

당연히 그에게 그 확신은 소중하다. 그것이 결혼하여 미국으로 떠나버린 애인 '성녀' 문제나, '누항에 묻혀 사는 은사' 유 선생과의 불란서 희곡 읽는 모임의 토론 등 자신의 삶에 적용되어 일정한 답안을 산출할 것이기 때문이다. 그러나 그것은 소설로 말하자면, 여기에서의 중심 줄기와는 또 다른 이야기가 된다. 이제껏 살펴본 스토리의 흐름은, 그야말로 이 소설의 뼈대만을 간추린 것이다. 한 편의 소설은, 더욱이 이병주의 소설은 그렇게 간략하게 정돈되기 어려운 많은 사유와 소재와 이야기의 굴곡을 거느리고 있다. 한 인간이 가진 집념과 그것을 성취시키는 섭리, 또는 우리의 생활 주변에 편만한 신비의 가능성 등속을 줄거리만을 위주로 배치한다고 해서 소설이 되는 것은 아닌 까닭에서다.

무엇보다도 먼저 이 작가는, 이 소설을 한국 근대사의 질곡에 잇대어 놓았다. 신명숙이 수감 되던 1950년은 6·25동란이 발발한 해이고 그 죄명이 비상조치법 위반이었으며, 그 가슴에 품고 간 강덕기가 사형을 당하였다면, 이는 두말할 나위도 없이 민족분단과 비극의 결정체를 말한다. 소설을 쓰기 위해서라고 형무관에게 접근했던 이동식이 연행되어 배후를 밝히라는 취조를 받은 것도, 아직도 남아있는 그것의 잔재다. 역사적 비극과 개인의 고통이 명료하게 마주친 사례가 여기에 있는 셈이다. "강덕기가 신명숙을 꾀어서 산으로 들로 돌아다니다가 저는 붙들려 죽고 신명숙에게 무기징역을 받게 했다"는, 노파가 된 이모의 증언에서 그 산하가 지리산일 것은 그곳 출신 '최'의 등장으로 거의 확실해 보인다.

대표적인 작품 『지리산』의 무대, 한국형 좌익 파르티잔의 집결지, 작가의 고향인 지리산이 얼핏 얼굴을 비치는 것이 결코 심상한 일이 아니라는 뜻이다. 이들에 비해 "내가 살아온 세상! 이건 장난이 아닌가!" 라는 이동식의 회한은, 오늘의 우리가 그리고 우리 작가들이 귀담아 들어야 할 전언이다. 작가는 스스로, '소설? 어림도 없는 이야기다'라고 적었다. 꾸며낸 이야기가 도저히 감당할 수 없는 현실의 박진감을 체득한 작가가 실록소설의 길로 나아간 것은, 어쩌면 이미 예정된 일일지도 모른다. 재야의 인물 유 선생의 입을 빈, 조선 공산당에 대한 신랄한 비판은 따로 주목할 만한 값이 있다.

우리 문학에서 드물게 정치적인 토론이 가능한 이 작가의 세계가 흥왕하게 전개되기 이전에, 우리는 여기서 그 논의의 시발을 목격할 수 있다. 미상불 그 유 선생의 희곡 읽기 모임은, 당대 젊은 세대들의 입을 열어둔 열린 개념의 토론장이다. 정치를 하려면 두 가지 길과 양면이 있다는 유 선생의 변론이나 민주주의·개헌·대통령에 대한 학생들의 토론 등은 괄목할 만한 주의 주장과 반론의 모양새를 갖췄다. 그런가 하면 설악산 조난사고를 두고 있을 수 있는 여러 방향에서의 관찰이, 마치 네카의 입방체를 보듯이 자유롭게 이루어진다. 이를 자기의식 속에 수렴하고 합당한 의미를 부여하는 것은 이동식의 몫이다. 그를 통해 '사자(死者)는 영원히 젊다'는 사상(?)이 사상이 될 수 있을까? 이 '찬란한 죽음'의 사상은, 그것이 레토릭으로 표현될 때 공명을 불러일으키지만, 현실에서는 문면 그대로일 리 없다.

수천 년 동안 젊음을 냉동할 수 있는 얼음 자국이 쌓인 눈, 설악! 그들은 죽음으로써 영원한 젊음을 설악에서 얻었다. 다가선 죽음을 그들은 어떻게 맞이했을까. 프로메테우스처럼 비장한 얼굴이었을까, 헤라클레스처럼 단호한 표정이었을까. 아마 고통은 없었을 게다. 냉정하고 슬기로운 정신을 담 은 채 그대로 동상마냥 빙화했을 것이니 말이다. 축축이 젖어오는 습기와 더불어 육체가 얼어 가면 의식은 잠들 듯 조용해지고 완전히 얼어

버린 순간 가냘픈 생명은 촛불처럼 꺼지고, 눈은 쉴 새 없이 내리고 쌓여 순백의 무덤을 만든다. 이집트 황제의 무덤보다 거대하고 페르시아의 궁전보다 찬란한 무덤. 설악산은 이제 막 젊은 영웅들의 죽음을 안고도 움직이지 않고 슬퍼하지 않는다.

설악산의 눈은 히말라야의 만년설과는 다르다. 실제로 소설의 후반부에서도 그것을 보여준다. 그러나 소설은 그 현실보다 앞선 상상력, 또는 이병주식 사고의 자양분을 저력으로 하는 유별난 유기체다. 소설이 체험의 인간학이요 인간의 삶을 여러 대칭적 구도를 통해 드러내는 복합적 의식의 소산임을 그의 소설이 증거한다. 소설의 말미에서 이동식은, "강덕기가 처형을 당하고 신명숙이 17년의 청춘을 묻은 서대문 교도소가 장난감처럼 눈 아래 보이는" 산에 올라 쥘부채를 태운다. 신명숙의 염원이 자줏빛 연기가 되어 대기에 섞이면, 그 집념이 우주에 미만(彌滿)하게 되고 마침내 생명전생(生命轉生)의 기적을 나타내리라는 상념과 더불어서다. 이처럼 현실과 상상의 아득한 거리를 한 달음에 뛰어넘는 소설적 발화법은, 곧 그의 문학이 사상 또는 철학적 적용의 다양한 모티브들과 민활하게 악수하고 있음을 말해준다.

1970년부터 이병주는 본격적으로 주요 일간지에 장편소설 신문 연재를 시작하면서 명성 있는 작가, 다작(多作)의 작가, 그리고 대중적 친화력을 가진 작가로 성가(聲價)를 높이기 시작한다.

1970년 5월 1일부터 《경향신문》에 『허상과 장미』를, 이듬해 1971년 《국제신문》에 『화원의 사상』을 연재했는데, 『화원의 사상』은 나중에 『낙엽』, 『달빛 서울』로 개제(改題)하여 출간한다. 그러나 오늘 일반적으로 알려져 있는 『낙엽』은 1974년 1월부터 《한국문학》에 연재된 것이다. 이러한 동어반복이 계속되는 것은, 추후 그의 문학 전반이 하향평준화로 평가절하되는 요인이기도 하다. 이병주가 너무 많은 작품을 간단없이 제작해 낸 관계로, 곳곳에 비슷한 정황이 중첩되거나 중·단편의 내용이 장편의 한 부분으로 편입되어 있는 양상도 적잖이 발견된다.

이러한 측면은 정작 한 사람의 작가로서 그를 아끼고, 그와 더불어 가능할 수도 있었던 한국의 '발자크적 신화'를 아쉬워하는 이들에게 만만치 않은 안타까움을 남긴다. 『허상과 장미』는 1979년에 범우사에서 간행되었고, 1990년에 이르러 서당에서 『그대를 위한 종소리』로 개명되어 상·하 2권으로 다시 나왔다. 독립운동가였던 노인 '형산 선생'을 중심으로 올곧고 평범하게 살아가는 교사 '전호', 평범을 혐오하며 극적인 삶을 추구하는 형산 선생의 손녀 '민윤숙' 등의 인물이 등장한다. 인생이 어떻게 한순간의 허상과 같으며 그 종막에 바치는 장미꽃의 의미가 무엇인가를 묻는다. 그 재미있고 박진감 있는 이야기의 펼쳐짐에 4·19의 진중한 의미가 배경에 깔려 있고 나라를 위해 헌신한 독립운동가의 쓸쓸한 후일담이 함께 맞물려 있다. 한국문학의 어떤 대중소설이 이러한 구

『허상과 장미』(2021년판) 표지

색을 모두 갖추었을까를 질문하지 않을 수 없다.

이 소설에서 사건과 인물들을 구성하는 다림추(錘)라 할 수 있는 형산은, 『낙엽』에서 선보인 '경산' 그리고 「그 테러리스트를 위한 만사(輓詞)」에서 보다 구체화 된 '경산'과 동궤(同軌)의 캐릭터다. 그는 역사적 추체험(追體驗)의 기능을 매개하며, 시대 현실 속에서 테러리스트와 아나키즘의 의미를 설파하는 작가의 대변자다. 과거의 비극을 현재에 이르도록 이끌어 오면서 역사성의 존재 양식을 보여주는 인물이 전호와 최성애 그리고 옥동윤 같은 이들이다. 그런가 하면 목하 자본주의의 새로운 개막을 예표하는 인물로서 A(안달호), L(정재석), 길종호, 비어스 윌슨 같은 이들이 등장한다. 이 양자 사이를 가로지르며 독자적인 시대정신을 선언하는 인물이 형산의 손녀 민윤숙이다.

소설적 이야기로서 사랑의 귀하고 소중한 면모를 환기하는 전호와 최성애의 첫 만남은, 『꽃의 이름을 물었더니』의 정황과 매우 유사하게 닮아 있다. 이들의 사랑이 로푸신의 『창백한 말』이라는 작품의 불어 번역과 연관되어 있는 것도 사뭇 참신한 환경 설정이다. 그런데 이 역사성의 테마에 얽혀 있는 인물들을 한데 모으는 가장 강력한 힘은 4·19혁명의 체험이다. 형산의 손자 민덕기와 최성애의 동생 규복은 4·19로 인해 죽었고, 민덕기의 배려로 목숨을 부지한 전호는 그 사실을 필생(畢生)의 부채로 안고 산다. 4·19는 이병주의 이 소설이 상재되기 19년 전의 일이었으나, 소설에서는 여전히 내연(內燃)하는 현재진행형인 것이다. 우리는 얼핏 '과거의 역사에서 교훈을 얻지 못하는 민족에게는 미래가 없다'는 금언(金言)을 반추해 보게 된다.

"4·19가 없으면 나라는 오늘의 존재가 없어지는걸."
전호의 이 말엔 여러 가지 복잡한 감회가 담겨져 있었다. 첫째 4·19가 없었다면 민덕기라는 학생이 없었을 것이고, 따라서 자기는 수학 교사가 되지 않았을 것이고, 형산 선생도 윤숙이도 몰랐을 것이다. 그런데 민덕기, 형산, 수학 교사, 윤숙이 이런 것이 오늘날 전호의 전부인 것이다. 게다가 최성애를 알게 된 것도 4·19 때문이다.
"그러나 과거는 과거, 현재는 현재, 이렇게 매듭이 있게 살아야 하잖아요? 차지도 덥지도 않은 과거라는 목욕탕에 흥건히 몸을 담가놓고 있는 것 같은 꼴이 아니꼽단 말예요."
윤숙은 성애의 동의를 얻어야겠다는 듯이 성애 쪽을 보며 말했다.
성애는 그저 웃고만 있었다.

전호, 최성애, 민윤숙이 함께한 자리에서 오가는 4.19에 대한 대화다. 세 사람이 이 미완의 역사를 어떻게 응대하는지 잘 나타나 있다. 이미 지나간 과거이되 과거로만 그치지 않고, 현재의 절대적

명제이되 미래의 삶과 무관하지 않은 형국이다. 그 명백하면서도
엄엄(晻晻)한 세월의 경과에 이들의 삶이 결부되어 있다. 생활인
으로서 교사의 직분에 있는 전호와 옥동윤, 도배일로 자신의 생계
를 추스르는 형산, 자본주의적 세계관을 미래 향방의 발판으로 삼
은 윤숙은 모두 현실의 치열한 공방 가운데 있다. 다만 이 모든 것
을 관조적으로 바라보는 최성애는, 수동적 관찰자이지만 그 내면
에 활화(活火)의 열정을 숨겼다. 결국 작가는 세월의 변환에 따라
이들의 삶이 각기의 방향으로 흘러가도록 물꼬를 튼다.

이 와중에 윤숙의 변신은 눈부신 바 있다. 윤숙은 자신이 가장
싫어하는 것이 '평범'이라고 강변하고, 그 행위에 있어서도 탈평범
의 범례를 만들어 간다. 그리고 일정 부분 자신을 희생해서 전호와
최성애의 사랑이 성사되도록 위태로운 역할을 마다하지 않는다.
그 행위 규범에 우리가 대중성이라 이름 붙일 만한 소설적 요소들
이 수반되어 있다. 마침내 윤숙은 세상의 통념을 넘어서서 요정의
'처녀 마담'으로 이동해 간다. 그런 점에서 이 소설에서 가장 중점
적인 인물은 전호와 윤숙이다. 윤숙이 새로운 시대의 가치 질서와
정면으로 부딪히며 나갈 때, 전호는 과거사의 상흔을 끌어안은 채
그 경계 지점을 분할하고 또 공유하는 기능을 담당한다. 이는 소설
로 쓴 시대 판독의 한 사례다.

형산은 전호가 따라 주는 찻물을 맛있게 마시곤 말을 이었다.

"나는 내 70 평생을 요즘 세심하게 점검해 봤다. 자랑할 게 하나도 없더구나. 그렇다고 해서 부끄러울 것도 별로 없더라. 그런데 단 한 가지 후회되는 게 있어. 그건 실수를 겁내고 해야 할 행동을 하지 못했다는 점이다. 인생엔 따지고 보면 성공도 실패도 없는 것이다. 일을 했나 안 했나가 있을 뿐이다. 사업의 성공이 결코 인생으로서의 성공이 아니고 그 실패가 인생으로서의 실패도 아니다. 이승만 씨와 김구 씨를 비교해 보면 이승만 씨는 정치엔 성공했지만 인생으로선 실패하고 김구 씨는 정치엔 실패했지만 인생으로선 이승만 씨에 비하면 성공한 셈이다. 그러나 지내 놓고 보니 이승만 씨의 실패나 김구 씨의 실패가 모두 아쉬운 것이었구나. 실패도 없이 성공도 없이 그저 무사주의로 살아온 사람들에 비하면 훌륭하지 않은가. 뭔가를 이룩하려고 몸부림치는 일, 결과보다도 그게 소중하니까."

형산의 얼굴에 피로의 빛이 돋았다.

형산이 그 임종을 향해 가면서 남긴 말이다. 여기서 형산이 제기하는 역사성의 평설은 당연히 작가의 관점이요 견해다. 우리가 이 작가를 존중하는, 간과할 수 없는 요건 하나가 여기에 있다. 이른바 역사에 대한 '균형감각'이다. 이것이 살아 있으면 누구나 이 작가를 따라 사관(史官)이요 언관(言官)이 될 수 있을 것이다. 소설 속의 형산, 담론의 전달자로서 작가가 동시에 소중한 이유다. 이러한 역사적 균형성은 현재를 살아가는 전호로 하여금, 어떤 극명(克明)한 일과 마주할 때마다 4·19 때 총에 맞았던 허벅지의 통증이 되살아나게 한다. 전호가 최성애의 위기에서 그 통증을 감각하며 '이 여자를 위해 죽는다'고 결의하는 것은, 역사적이고 시대적인 문제와 현재적인 개별자의 사랑을 연동하는 거멀못과 같다. 이 소설의 담화들은 이와 같이 정교한 인식의 가늠자 위에 놓여 있다.

> 할아버지의 기일(忌日)이 지난 이튿날 전호와 성애의 연명으로 편지가 왔다. 형산의 일주기에 참석하지 않은 윤숙에게 무슨 사고가 있지 않나 하고 보낸 문안 편지였다.
> 윤숙은 전호와 성애의 이름을 보자 저도 모르게 눈물을 흘렸다. 뭔가 인생에서 가장 소중한 것과 결별했다는 의식이 강한 충격을 주었다.
> '이것은 인생이 아니다'하고 생각하면서도 그러나 자기가 택한 길을 끝끝내 걸어야겠다고 다짐하고 쓸쓸하게 웃으며 저금통장에 불어나는 돈의 액수를 뇌리에 그렸다.

소설의 결미에 이르러 전호와 최성애는 구원(久遠)을 바라보는 사랑의 결실을 얻는다. 그러나 윤숙은 전혀 다른, 새 길을 간다. '인생에서 가장 소중한 것'과 결별했다고 느끼면서 '저금통장에 늘어나는 돈의 액수'에서 위안을 얻는다. 사용가치 중심의 시대가 교환가치 위주의 시대로 변환해가는 그 길목에 윤숙이 서 있다는 뜻이다. 그런데 이 모든 소설적 이야기와 인생 행로의 드라마들을 두고 작가가 궁극적으로 포기하지 않는 원론적 개념은, 고색창연한 공자의 옛말 곧 논어의 한 구절이다. 기서호(其恕乎), 용서가 그것이다. '이 세상에 살아가면서 용서하지 않고, 용서받지 않고 배겨낼 도리가 있겠나'라는 것이 형산의 말이다. 이 모든 허구적 이야기의 조합과 심금을 울리는 소설적 교훈을 함께 공여하는 터이기에, 우리가 여기에 '대중성의 첨탑(尖塔)'이란 수식어를 헌정해도 무방할 것이다.

2-7. 이야기의 재미와 삶의 교훈

『낙엽』은 1974년 1월부터 1975년 12월까지 꼬박 2년간 《한국문학》에 연재되었다. 이 소설 무대는 서울 옹덕동 18번지다. 짐작건대 마포구 공덕동 즈음에서 지명 이미지를 가져오고, 이를 소설의 분위기에 맞도록 개명한 것이 아닐까 싶다. 이 옹덕동의 한 지번에 1970년대 중반의 한 시대를 상징할 만한 몇 사람의 인물이 모여 산다. 소설의 중심인물이자 화자인 '나'는 안인상이란 이름을 가졌다. '나'는 여러 인물의 이야기를 한데 묶는 구심점이자 관찰자이며, 이병주 소설 곳곳에 등장하는 서술자·기록자의 위치에 있다. 그런 만큼 소극적이며 회의적인 성품을 가졌으나, 그렇다고 호락호락하게 물러서는 캐릭터도 아니다. 그는 외형보다 내포적 인식의 세계가 훨씬 넓은 인물이다. 그가 없이는 이 소설의 서사가 진척되지 못한다.

한 지붕 아래 각기 다른 방에서 함께 사는 이들은 전직 언론인

박열기, 미국에서 살다 온 신거운, 미군 시체미용사 출신의 모두철 등 평범하면서도 특별한 이력을 지닌 과거를 가지고 있다. 동시에 '나'를 포함한 이 네 남자의 아내들 역시 파란만장한 경력의 소유자들이다. 이들은 서로 충돌하기도 하고 또 융합하면서 생애의 한 행로를 공유한다. 거기에 그 동네의 구멍가게 주인 양호기나 노독립투사 '경산 선생' 같은 이들이 각기의 역할과 더불어 연계되어 있다. 그런가 하면 구멍가게 안주인과 불륜 관계에 있는 편수길, 고시 공부를 한다고 도서관에서 세월을 보내고 있는 배영도 같은 인물도 있다. 이들이 씨줄과 날줄이 되어 엮어내는 인간관계의 드라마는 이 작가의 다른 소설들, 이를테면 「예낭풍물지」나 『행복어 사전』에서 보던 것처럼 백화난만으로 다채롭게 펼쳐져 있다.

'나'와 '나'의 아내 가운데서 침착하고 당찬 쪽은 아내다. 마치 『산하』의 차진희나 『행복어 사전』의 차성희처럼, 생각과 행동이 단단하게 정돈되어 있다. 이상의 저 유명한 1930년대 소설 「날개」에까지 비길 바는 아니지만, 여기 이 주인공의 삶이 보이는 행태는 「예낭풍물지」와 견주어 볼 수는 있다. '나'의 무능에 지친 아내는 가출을 했다가 돌아온다. 그 바탕에는 '나'가 가진 근본적인 선성(善性)이 연동되어 있고, 이를 꿰뚫어본 이는 가까이 사는 경산이다. 아내의 가출과 귀환이라는 담론의 방정식은, 이병주의 소설이 궁극에 있어서 삶의 희망적 전망을 포기하지 않는다는 사실과 관련되어 있다. 그런데 이 경과를 표현하는 이야기의 세부는 질투,

성적 능력, 선물, 취직 등으로 다채롭기 이를 데 없다. 이야기꾼으로서 이 작가의 기량이 한껏 빛나는 대목이다.

박열기란 인물은 여러모로 작가와 닮아 있다. 언론인의 전직(前職), 필화사건으로 인한 징역살이가 그러하다. 특히 '노름'에 대한 소회는『산하』의 이종문을 곧바로 소환할 만큼 설득력이 있다. 만년 고시생 배영도도 소설 가운데 법률적 지식을 도입하는 데 매우 유용한 장치에 해당한다. '의심스러운 것은 벌하지 않는다'라는 무죄추정의 원칙을 환기하는 것은, 어쩌면 작가 자신의 억울하고 부당한 수형 체험을 반사하고 있는지도 모른다. 이 정황은『운명의 덫』이란 소설 속의 법률적 시각과 논의 구조와도 유사하다. 그러기에 '도적의 누명을 쓴 사람이 그 누명을 벗기란 힘들다'는 레토릭이 제시되고, 심지어는 거의 확고하게 살인 혐의자로 보이는 편수길에게 끝까지 그 낙인을 찍지 않는 것이다.

이 세속의 저잣거리에서 부대끼며 살아가는 삶의 '교사'로 돌올(突兀)한 인물이 경산이다. 그 이름은 중편「그 테러리스트를 위한 만사(輓詞)」에 같은 작명으로 나오고, 그는 그 소설의 '정람'과 함께 의기 쟁쟁한 선각이다.『허상과 장미』의 '형산'도 이와 같은 배분에 있다.『낙엽』의 실체를 이루고 있는 갑남을녀들의 삶이 지지부진하고 혼란스러우며 갈 바를 명확하게 알지 못할 때, 경산의 훈도(薰陶)나 일침(一針)은 그로써 삶의 길을 이끄는 예인(曳引)의 기능을 수행한다. 물론 그를 생동하는 소설적 인물로 추동한 것은 작가다. 경산의 작용이 있고서야 소설의 중심축이라 할 수 있는 '나'와 아내의 관계도 재정립된다.

작가는 시종일관, 소설이 이야기로 구성된다는 사실과 그 이야기가 재미있지 않으면 안 된다는 소설 창작의 원론을 상기하고 있다. 이를테면 옹덕동 18번지가 미군의 검색을 당하게 되었을 때, 박열기의 재치로 모두철을 콜레라 환자로 유추하게 하여 위기를 모면하는 장면이 있다. 이처럼 유머와 위트 그리고 기막힌 반전의 구사는, 나중에 그의 단편 「빈영출」이나 「박사상회」에서 유감없이 발휘되는 솜씨다. 이 모든 소설적 요소와 작가로서의 특장이 합력하여, 이 소설은 언제 어디서나 볼 수 있는 세상사의 문맥을 헤치고 짐짓 뜻깊고 흥미로우며 읽는 이의 가슴 속 반향판을 울리는 성과를 일구어낸다. 그리고 그것은 부서지고 파편화되어 앙상한 형해(形骸)만 남을 수밖에 없는 인간관계 속에서, 흙 속에 묻힌 옥돌을 찾아내듯 '인간회복의 꿈'을 되살리게 한다.

이 소설에 명멸하는 여러 사건 가운데서 가장 충격이 강한 것은 박열기와 신거운의 아내가 사랑의 도피를 감행하는 일이다. 이는 그나마 한 줄기 잔영(殘影)처럼 남아 있는 우호적 관계성과 공동체의 질서를 전면적으로 훼파하는 것이기에 그렇다. 그런가 하면 모두철이 공공연히 '양공주'로 나설 수밖에 없는 아내를 용인하는 상황도 그렇다. 그런데 모두철은 그가 아무것도 할 수 없었을 때 자신을 공궤(供饋)한 그 아내를 뿌리치지 않는다. 박열기의 도피

행각도 결말에 이르러서는 신거운의 새로운 삶을 매개로 화해로운 결말에 도달한다. 이러한 소설적 대단원은 결코 쉽지 않다. 이야기 자체의 흐름에 위배되지 않아야 하거니와, 그 흐름을 감당할 작가의 역량과 배포가 수반되어야 하기 때문이다.

소설의 처음에서는 난마처럼 얽힌 옹덕동 18번지의 생활무대를 배경으로 모든 인물이 패배와 낙담의 늪으로 침윤할 것이라는 예단을 넘어서기 어려웠으나, 작가는 이 여러 곡절을 모두가 되살아나는 행복한 마무리로 이끌어 간다. 그 마무리에서 되돌아볼 때 독자는 소설이 과연 우리에게 무엇인가, 이 소설은 진정 우리에게 무엇을 남겼는가를 반추하게 된다. 좌절과 절망 가운데서 새로운 의욕과 활력을 제기한다고 해서 반드시 재미있거나 또 좋은 소설이 되는 것은 아니다. 하지만 새 희망의 발현이 이야기의 재미 또는 소설적 교훈과 조화롭게 만나게 된다면, 우리는 그 소설을 한층 호쾌하고 의미 깊게 읽을 수 있다. 이를 수행하는 작품의 제작자를 우리는 '좋은 작가'라 지칭한다.

이병주의 『낙엽』은 사회적으로 이름 있는 인사를 내세우지도 않고 제 자리에서 일정한 존재감을 드러내는 인물을 형상화하지도 않았다. 그렇지만 그들의 내면에 응축된 사람 사는 일에 대한 보편적 상식과 도의심, 사람 구실에 대한 정론적 인식을 허물지 않고 끝까지 지켰다. 여기에 불후의 화가 빈센트 반 고흐가 그 스스로 가난하여 주위에 있는 가난한 서민들을 주로 그렸으나, 그 그림이 오히려 동시대 삶의 진실을 표출했던 예술사의 전례를 환기해볼 수 있다. 이병주의 소설『낙엽』의 인물들이 바로 그와 같다. 이들은 소설의 말미에서 다시 옹덕동 18번지로 '헤쳐모여' 한다. 그동안 볼 수 없었던 그 집의 주인도 돌아온다.

경산 선생의 회고담이 계속되었다. 우리들은 비로소 역사라는 것을 느꼈다. 방안의 공기가 탁해지자 경산 선생은 방문을 열라고 했다. 어느덧 조그마한 뜰에 달빛이 깔려 있었다. 그 달빛을 받고 뜰 가득히 갖다 놓은 화분의 꽃들은 요란한 향연을 이루고 있었다.

"보아라, 저 꽃들을 보아라. 옹덕동 골짜기의 구멍가게 비좁은 뜰이 사람들의 호의로 인해서 황홀한 꽃밭이 되었다. 낙엽(落葉)이 모여 썩기만을 기다리던 우리들이 이렇게 아름다운 꽃밭을 이루어 놓았다. 우리는 뜻만 가지면 어느 때 어느 곳에라도 꽃밭을 만들 수가 있다. 그러나 꽃밭이라고 해서 그저 아름답기만 한 곳은 아니다. 꽃밭엔 슬픈 과거가 있고 그 밑바닥엔 검은 흙 모양의 고통도 있다. 허지만 슬픈 과거가 있기에 화원은 안타깝도록 아름답고 밑바닥에 검은 고통이 있기에 그 아름다움이 더욱 처량하다. 인생도 또한 꽃이다. 호박꽃으로 피건 진달래로 피건 보잘것없는 잡초의 꽃으로 피건 사람은 저마다 꽃으로 피고 꽃으로 진다."

이병주 장편소설

낙엽

이병주 지음

베어북스
EyBooks

『낙엽』(2021년판) 표지

마치 봄날 새 생명의 뜰과도 같은 풍광이 회복된다. 옹덕동 18
번지 공동체의 변화와, 그에 속한 각기 개인 생활의 혁명은 두 손
을 마주 잡고 함께 찾아왔다. 이곳에서 맺혔던 원수가 이곳에서 풀
렸다. "고목(古木)에 꽃이 핀 기적을 보았느냐. 낙엽이 꽃잎으로
화(化)하는 기적을 보았느냐. 여기 그 기적이 있다. 낙엽이 썩지 않
고 다시 생명을 얻었다!"는 소설의 마지막 문장, 경산의 말은 강력
한 상징을 함축한다. 우리가 직접 경험한 것이 아닐지라도 이와 같
은 흔쾌한 간접체험은 소설 읽기의 매혹을 약속한다. 이야기의 진
진한 재미와 삶의 응축된 교훈이 만나는 소설의 지경, 우리는 그것
을 이병주의 『낙엽』에서 목도할 수 있다. 역사 소재의 장편, 특히
대하 장편들에 비하면 대중소설적 성향이 다분하긴 하나 그 대중
성은 흥미 위주의 또는 상업주의적 대중성과는 다른 것이다.

강력한 독자 친화의 창작 태도를 대중적이라고 호명하자면, 이
소설이 바로 그렇다. 더욱이 이 소설은 그와 같은 창작 의도에 반
응한 뜨거운 독자 수용을 보여주기도 했다. 이를 따라 언표(言表)
할 수 있는 말, 역사성과 대중성 사이를 자유롭게 왕래할 수 있는
거의 유일한 작가가 바로 이병주다. 오늘에 이르러서도 독자들이
이병주의 소설을 읽고 거기서 이야기의 재미와 세상살이의 경륜
을 함께 얻을 수 있기에, 그는 여전히 독자 곁에 살아 있는 것이다.
이병주는 1972년 5월 부산을 무대로 한 지적 실험성이 짙은 소설
「예낭 풍물지」를 《세대》에, 같은 해 12월 역시 자전적 요소들을 담

은 소설 「변명」을《문학사상》에 발표한다.

「변명」은 항독운동(抗獨運動)에 생을 바친 프랑스의 역사학자 마르크 블로크의 역사관에서 출발하지만, 궁극에 있어서는 작가 자신의 중국 소주(蘇州) 학병체험과 그 가운데서 목격한 민족 배신의 사건을 소설에 담았다. 역사는 변명되어야 한다는 것이 블로크의 생각이라면, 역사를 위해 변명하기는 참으로 어렵다는 것이 작가의 주장이다. 자신의 죽음을 역사가 보상하리라고 믿은 애국 청년 탁인수와 비열한 밀고자 장병중에 대해 아무런 조치도 취하지 못하는 목격자의 자기 고백이 거기에 있다. 마침내 작가는 그 답을 문학에서 찾는다. 역사를 변명하기 위해서, 인생의 그 혹독한 불행 속에서 슬기를 되찾기 위해서, 역사를 넘어 문학이었던 것이다.

2-8. 『지리산』 이후 대하장편들

이병주는 1972년 9월부터 《세대》에 그의 명실상부한 대표작 『지리산』의 연재를 시작한다.

이 연재는 1977년 8월까지 무려 5년간에 걸쳐 진행된다. 이 소설은 어느 모로 보나 이병주의 대표적인 작품이라 할 수 있다. 남북 간의 이데올로기 문제를 정면에서 다루면서 지리산을 중심으로 집단생활을 한 좌익 파르티잔의 특이한 성격을 조명한 소설의 내용에서도 그러하고, 모두 7권의 분량에 달하여 실록 대하소설이라 규정되고 있는 소설의 규모에서도 그러하다. 이 소설에 등장하는 주요 인물들, 작가가 특별한 애정을 갖고 그 성격을 묘사하고 있는 박태영이나 하준규 같은 인물, 그리고 해설자인 이규 같은 인물은 일제 말기의 학병과 연관된 공통점을 가지고 있다. 그 '치욕스런 신상'과 한반도의 걷잡을 수 없는 풍운이 마주쳤을 때, 이들의 삶이 어떤 궤적을 그려나갈 수밖에 없었는가를 뒤쫓고 있는 형국이다.

이병주의 역사 소재 소설들을 통틀어 우리가 주목해야 할 하나의 요체는, 지속적으로 언급하는 『지리산』에서의 이규와 같은 해설자의 존재다. 그 해설자의 작중 지위는 작가의 전기적 행적과 거의 일치하는 특성을 나타내고 있다. 만약에 그 해설자가 불학무식이거나 당대의 한반도 현실에 대해 사상적이며 철학적 사유를 할 수 없는 인물로 그려진다면, 작가는 애초부터 스스로의 심중에 맺혀서 울혈이 되어 있는 이야기들을 풀어낼 수가 없는 것이다. 불학무식한 부역자를 이야기의 중심에 둔 조정래의 『불놀이』와 좌파 지식인을 주인공으로 한 같은 작가의 『태백산맥』이 동일한 작가의 작품이면서도 역사와 현실을 읽는 시각의 수준에 현저한 차이를 드러내는 것이 여기에 좋은 보기가 된다.

흔히 『관부연락선』, 『지리산』, 『산하』를 두고 이병주 근·현대 역사소설 3부작이라고 일컫는데 그 가장 후대에 해당하는 『산하』는 1974년 1월부터 1979년 8월까지 68회에 걸쳐 《신동아》에 연재되었고, 나중에 모두 7권 분량의 단행본으로 출간되었다. 『산하』는 남한에서의 단독정부 수립으로 이승만 정권이 들어서고 3·15 부정선거와 4·19 학생혁명에 의해 그 정권이 끝날 때까지, 이와 더불어 부침한 한 인물을 주인공으로 했다. 우리는 노름꾼 출신의 이종문이라는 흥미 있는 인물의 행적을 통하여, 한 인간의 내부에서 일어날 수 있는 거의 모든 가능태에의 목도와, 당대의 세태풍속 및 시대사적 풍향의 의미를 가늠하는 일을 함께 달성할 수 있다.

또 하나 이병주 소설의 역작이라 할 수 있는 대하장편『행복어
사전』은 1976년 4월부터 1982년 9월까지《문학사상》에 연재되었
고, 나중에 모두 6권 분량의 단행본으로 출간되었다.

『행복어사전』은 우등생의 모범답안을 지향하여 그것으로 세상
의 갖가지 생존경쟁에 이기려는 사람들의 한가운데에, 그러한 것
을 추구하지 않고도 내면적 충일함으로 삶을 채우려 시도하는 한
젊은이를 그렸다. 신문사의 교열기자에서 작가로 길을 바꾸어 나
가는 서재필이라는 이름의 매우 유다른 주인공을 통해서, 우리는
범상한 삶의 배면에 응결되어있는 여러 형태의 인식을 예컨대 '가
두철학'이라 호명해도 좋을 만한 정신적 성숙의 단계에서 해석하
는 세련된 교양을 접하게 된다. 어쩌면 이 경우가 우등생의 삶의
방식을 추종하는 것보다 더 어려운 작업이라 할 수 있을 것이다.

이병주 대하 장편소설의 역작이자 다른 작가가 모방하기 어려
운 소설『바람과 구름과 비(碑)』는 1979년 2월 12일부터《조선일
보》에 연재되기 시작했고, 이는 1980년 12월 31일까지 모두 1,194
회의 연재 기록을 보였다. 이 소설은 나중에 10권 분량의 단행본
으로 출간되었으며, 여러 차례에 걸쳐 영화와 TV 드라마로도 제
작되었다. 이 소설은 구한말의 내우외환 속에서 중인 신분의 한 야
심가가 어떻게 세상의 경영을 꿈꾸는가라는 대단히 의욕적인 상
황을 설정하고, 그를 위한 주도면밀한 계획과 추진 및 그에 관련된

행복어사전1

이병주

한길사

『행복어사전』(2006년판) 표지

여러 가지 이야기를 다루었다. 일견 무사불능하게 여겨질 만큼 치밀하고 치열한 최천중이라는 인물의 행위 규범들을 통해, 우리는 하나의 세계를 부피 있게 기획하고 이를 극채색으로 치장해 나가는 작가의 배포와 기량을 읽을 수 있다.

이 시기에 《영남일보》 등에서 『별과 꽃과의 향연』이란 제목으로 연재되던 장편소설은 나중에 『풍설(風雪)』, 『운명의 덫』 등의 이름으로 개제(改題) 출간된다. 이 소설은 1981년 문음사에서 상·하 2권으로 초판이 나왔고 1987년 문예출판사에서 『운명의 덫』으로 개명 출간되었다. 그리고 2018년 나남에서 다시 같은 제목으로 재출간되었다. 이 소설은 작가 자신의 수감체험을 활용하여 부당한 압제에 대한 인간의 반응을 여실히 그리고 참으로 흥미진진하게 보여준다. 20년간 억울한 옥살이를 한 인물 '남상두'를 등장시키고 그가 누명을 벗는 과정에 개재된 여러 이야기들을 이병주가 아니면 가능하지 않은 방식으로 서술해 나간다. 한 지역사회의 소읍 전체가 이 사건과 연관되고, 그 와중에 주 인물과 '김순애'라는 여성과의 만남이 세대를 넘어서는 사랑의 한 전범으로 제시된다.

이 시기 대중 성향의 이병주 장편소설들은 한결같이 재미있고 극적이며 인생에 대한 교훈을 함께 남긴다. 더욱이 출간 당시 뜨거운 대중적 수용을 받았던 작품들이다. 모두 80여 편에 달하는 그의 작품 가운데 이 외에도 『망향』(경미문화사, 1978), 『그들의 향연』(기린원, 1988), 『비창』(문예출판사, 1988), 『지오콘다의 미소』(신기원사, 1985) 등 주목할 만한 소설적 성과가 많다. 그 중 『망향』은 『여로의 끝』(창작예술사, 1984)으로 개명 출간되었고 『비창』은 같은 제목으로 재출간(나남, 2017)되었다. 이러한 재출간 현상 역시 여전한 독자 친화력을 말하는 것이기도 하다. 이러한 사실을 토대로 이병주 소설 전반에 걸쳐 대중 친화력 확장의 요소와 그 방향에 대해 살펴보는 일은 그 수고에 값할 만하다.

이병주 소설을 읽는 일은, 그러기에 '이야기의 재미'와 직결되어 있다. 일찍이 문예이론가 H.E.노사크가 『문학과 사회』에서 주장한바 "등장인물은 작가에게 자기 자신의 행위에 대한 설명을 요구한다"고 한 그 인물 형상화의 어려움이 어떻게 자연스러운 형태로 소설적 구조와 연합하는가를 목도할 수 있다는 말이다. 이는 그의 장·단편 모두에 적용되는 언사다. 이병주 회심의 단편소설이자 자신의 감옥 체험을 담은 「겨울밤-어느 황제의 초상」은 1974년 10월 《문학사상》에, 뉴욕의 풍광과 자신의 체험을 담은 「제4막」은 1975년 《주간조선》에, 그리고 역시 체험적 기록의 소설화라 할 수 있는 「여사록」은 1976년 1월 《현대문학》에 실렸다.

그의 '물이 오른' 단편소설의 행렬은 계속 이어져서 「철학적 살인」이 1976년 5월 《한국문학》에, 「이사벨라의 행방」이 같은 해 7월 《뿌리깊은나무》에, 「망명의 늪」이 같은 해 9월 《한국문학》에, 그리고 「유리빛 목장에서 별을 삼키다」가 1977년 《동아문화》에, 「삐에로와 국화」가 같은 해 9월 《한국문학》에 각각 실렸다. 이 작

1975년 어머니 김수조 여사와 서재에서

1978년 한국창작문학상을 수상 후 맨 왼쪽이 작가,
김동리·이근배 씨의 모습이 보임(위)
같은 날, 이호철·백철 씨의 모습이 보임(아래)

품들은 도도한 이야기의 흐름을 자랑하는 장편소설 외에도 정치(精緻)한 구조와 결말을 약속하는 단편소설에 있어서도 그의 기량이 한껏 성숙해 있음을 보여준다. 미상불 소설 창작의 여러 부면에 걸쳐 이처럼 한결같이 여일한 기량을 보이는 작가는 드물다. 그러한 사정을 염두에 두고 그의 단편 작품들을 살펴보기로 한다.

「겨울밤—어느 황제의 회상」은, 이병주 옥중기의 전형을 보여주는 단편소설이다. 이 소설은 작가의 감옥 체험에 잇대어 한·중·일의 근대사에 얽힌 여러 조각의 이야기 모자이크를 옴니버스 형식으로 풀어 보인 작품이다. 그 각기의 조각마다 따로 한 편씩의 소설이 될 만한 중량을 가졌는데, 이를 '겨울밤'이라는 이야기의 얼개 아래에 한데 묶었다. 그의 감옥 체험은 여러 소설에 등장하는데, 특히 이 작품에서는 더욱 직접적인 1인칭 서술로 일관한다. 그는 여기서 스스로를 '황제'라 치부하며 산 감옥 생활 2년 7개월의 기간, 학병으로 끌려가 중국에서 보았던 일제 군국주의의 실상, 그 속에서도 인간으로서의 위신을 지켰던 사람들에 대해 말한다. 특히 공산주의에서 전향하지 않고 20년 감옥살이를 하고 나온 노정필이란 또 다른 '황제'의 정황, 그리고 그와의 대화들을 기술한다.

「여사록」은 소설로 분류하기에는 그 요소가 취약한 회고록 류의 작품이다. 등장인물들은 앞서 언급한 바와 같이 모두가 실제 인물이며 이름 가운데 한자씩만 바꾸었다. 소설의 제목에 '서자여사부(逝者如斯夫) 불사주야(不舍晝夜)'라는 부제가 붙어 있다. 『논어』〈자한(子罕)〉 편의 한 구절이다. 문자 그대로 흘러간 이야기를 말한다. 해방공간과 6·25동란 시기에 진주농림학교에 재직했던 교사들이 30년 후에 여러 모양으로 신분이 달라져서 재회하는 이야기다. 그 중점적 대목은 30년 전 사상적으로 길항 갈등하던 이정두와 송치무의 화해다. 이정두는 중앙정보부 차장을 역임한 골수 우익인사 이병두, 송치무는 좌익에 깊이 경도되었던 실제 인물의 가명이다.

작가가 스스로 작품에 깊은 애착을 가졌던 「삐에로와 국화」는 그 다음 단계의 역사적 굴곡, 곧 냉전시대의 남북관계와 그로 인한 절박한 삶의 형상을 소설로 치환했다. 동족이 불구대천의 원수처럼 대치한 채 30여 년을 보내는 동안, 남북으로 헤어진 가족들이 어떤 상처를 끌어안고 살아야 했으며 그렇게 빈번하던 간첩사건 속에 어떤 우여곡절이 잠복할 수 있었는가를 증거한다. 이 역사성의 횡포 앞에 인간은 삐에로다. 거기서, "어떤 주의를 가지는 것도 좋고 어떤 사상을 가져도 좋으나 그것이 남을 강요하고 남의 행복을 짓밟는 것이어서는 안 된다"는 작가의 오랜 지론(持論)이 도출되고 있다.

해외를 무대로 하는 작품군 가운데 단편 「제4막」은 뉴욕을 무대로 한다. 작가는 여행안내서의 기록을 빌릴 때 '세계의 메트로폴리스'이지만, 어느 종교가의 단죄에 의하면 '소돔과 고모라의 현대판'이라고 적었다. 소설은 뉴욕의 풍광과 뉴욕에서의 삶을 수기나

수필처럼 써나간다. 시간상으로는 1973년 6월, 화자인 '나'가 존 에프케네디 공항에 도착하면서 시작된다. 특별한 소설적 이야기를 생산하지 않고 뉴욕 시가(市街) 여행기와도 같은 감상을 기술한다. 브로드웨이에 있는 작은 주점 'ACT4', 우리말로는 '제4막'이 되는 그곳은, 극장에서 제3막까지 연극이 끝난 후 극장 밖의 거기서 제4막이 시작된다는 자못 진중한 의미를 가졌다. 그 해석을 듣고 그곳은 '나'의 단골집이 되었다.

주점 '제4막'에서 만난 사람들과 나누는 요령부득의 대화가 '나'에게는 소설적 이야기의 재료가 되고, 또 그 개별자들도 소설적 관찰의 대상이 된다. 그 중 세르기 프라토라는 이름의, 육십 세에 가까운 에스토니아 출신 화가 부부와는 삼 년쯤 후에 '제4막'에서 만나 '제4막적인 대화'를 나누기로 한다. 그리고 그렇게 좋은 아이디어를 뉴욕에 심어놓고 왔으니, 어떻게 뉴욕에 애착하지 않을 수 있겠는가라고 반문한다. 뉴욕은 이병주로서는 상당 기간 체류하며 그 문물에 연접한 도시이고, 또 그가 쓴 여러 글의 소재가 되기도 했다. 이 소설은 소설로서의 형용을 갖추기보다는 평이한 자전적 기록의 성격이 강하다.

단편 「이사벨라의 행방(行方)」은 1973년의 칠레 방문기를 소설형식을 갖추어 썼다. 한편으로는 여행기에 가깝기도 한데 작가는 '기행문을 쓸 작정'은 아니라고 명기해 두었다. 산티아고 공항으로 마중을 나온 안내자의 이름이 이사벨라 멘도사, 칠레 대학의 인문학과에 다니는 여학생이었다. 이사벨라와 더불어 칠레의 국명(國名)을 비롯, 여행자가 궁금한 사안들을 순차적으로 두루 거친 다음에 '나'는 뉴욕으로 돌아왔다. 그리고 뉴욕에서 칠레의 쿠데타 소식을 들었다. 회상 시점으로 돌아보면 이사벨라와 함께 쿠데타와 칠레의 정치에 대해 나눈 얘기가 많고 그 내용은 고급한 식견을 자랑하고 있다. 이사벨라의 비판적 논리도 우월하다.

'나'는 미국에서 칠레로 전화를 걸었으나 이사벨라의 종적을 찾지 못한다. 칠레 대학에서 체포된 교수와 학생이 1,520명이나 된다는 보도를 보았던 것이다. 서울로 돌아와 몇 차례 산티아고에 편지를 띄웠으나 회신이 없었고, 마침내 행방불명이 된 채 생사를 모른다는 전갈을 받는다. 그 뒤 오스트리아의 펜 대회에 참석했다가 칠레 대표로 온 문인에게 이사벨라의 행방을 탐문해 보지만 모두 허사다. '나'가 이사벨라에 집착하는 것이 그 젊은 지성 때문인지 이성(異性)으로서의 감각 때문인지 분명히 구획하기 어려우나, 이 소설에서 이사벨라 없이 칠레 여행기나 칠레에 관한 이야기가 수준 있는 소설 공간의 수용력을 갖기는 어려운 노릇이다.

단편 「유리빛 목장에서 별을 삼키다」는, 오스트리아 비엔나에서 1975년 11월 스페인의 국가원수 프란시스코 프랑코 바하몬테 총통의 부고 기사를 읽는 것으로 시작된다. 화자인 '나'는 물론 코스모폴리탄 여행가인 이 작가의 인식을 대언한다. 그에 뒤이어 스페인 내란에 대한 문학 작품들을 떠올리고 더 나아가 정치적 사태에 따른 평가를 장구하게 진술한다. 그 진술의 행렬이 너무 심층적이면서도 장황해서, 자칫 소설로서의 보람을 잃어버릴 우려도 없지 않다. '나'는 1972년 마드리드를 방문했을 때의 기억을 다각도로 떠올리기도 하고 행선지로 파리를 거치기도 하는데, 작가가 스페인 내란에 집중하는 이유는 아마도 전쟁 또는 수형(受刑) 생활의 면모가 한국에서 작가 자신이 겪은 근대사의 파고(波高)와 여실히 유사하기 때문일 것이다.

파리를 떠나기 전날 밤, '나'는 호텔에서 갈르시아 롤르카의 시집을 펴든다. 그 시집에서 '유리빛 목장에서 별을 삼키다'라는 구절을 찾아내고, 용서와 자살의 상관관계를 유추해 본다. 그 구절은 '나'에게 스페인의 정변처럼 난해하지만 은은한 애수를 남긴다. 시적 은유와 소설의 주제를 직접적으로 상관하여 해석하기는 어려우나, 그것이 스페인 역사의 우여곡절 가운데 시인이 남긴 절박한 실상의 한 편린임을 이해하는 데는 크게 어려움이 없다. 그러나 보다 더 이 글의 주제에 근접하는 개념을 논거하자면, 이 유럽의 다양 다기한 도시 공간 가운데서 예의 그 '박학다식과 박람강기'를 구현하는 작가의 호활한 문필을 먼저 상찬해야 할 것이다.

지금까지 살펴본 해외 무대의 소설들은 문학에 있어서 공간 환경의 성격과 의미, 이병주 소설에 나타난 지역적 환경 조건의 경향과 이유, 그리고 그것이 잘 드러나는 대표적인 작품들이다. 이병주 소설의 지역 환경은, 국내 및 해외에 걸쳐 두루 광범위하게 그 이야기의 울타리를 설정하고 있다. 국내에서는 작가의 대표작으로 일컬어지는 역사 소재 장편소설들의 무대, 곧 하동·진주·부산 등이 생래적이고 체험적인 배경으로 도입되고 있음을 볼 수 있었다. 그리고 그 공간은 허구로서의 소설적 이야기에 사실성을 부여하는 효력을 발휘했다. 특히 이는 스스로 '실록 소설가'임을 자처하는 작가 이병주의 작품세계와는, 불가분의 관계에 있는 소설적 요소라 할 것이다. 그러나 해외의 경우는 이와 연관이 있으면서도 조금 다르다.

해외 여러 대륙에 걸쳐 그야말로 종횡무진한 소설의 지역적 환경은 작가의 곤고한 체험과 지적 편력, 그리고 여행 경험을 바탕으로 하고 있으나 그의 관심이 집중된 작품은 결국 고난의 세월을 보낸 자신의 개인사 및 우리 근대사의 질곡과 그 형상이 닮아 있는 경우였다. 거듭 강조하자면 이 작가와 동시대의 작가 가운데 그처럼 광폭(廣幅)의 공간적 행보를 보인 작가가 드물었다는 측면에서 길이 그 의의를 새겨둘 만하다. 그것이 이 글로벌 또는 글로컬 시대에 있어서 우리 문학이 개척하고 추동해 나가야 할 길이기 때문이다. 이병주 소설의 넓고 유의미한 공간은 그 작품의 존재를 가능하게 하는 부력으로 작동하는 동시에, 이 작가를 그가 떠난 지 30년이 지난 오늘날에 있어서도 여전히 공들여 탐색하게 하는 까닭이 되기도 한다.

이렇게 소설을 쓰는 동안에도 이병주는 '언관'의 언론인 역할을 내려놓지 않았다. 모두 23권에 달하는 그의 에세이들은 그렇게 쓴 글들 그리고 여기저기 청탁을 받아 쓴 글들의 집적을 말해준다. 그는 1973년에 《서울신문》 순회특파원, 1981년 《부산일보》 논설위원 등을 맡아 지속적으로 과거에 '본업'이었던 글을 썼다. 작가로서의 이병주는 생애 중 세 번의 문학상을 받았는데, 1977년 장편소설 『낙엽』과 중편소설 「망명의 늪」으로 한국문학작가상과 한국창작문학상을, 1984년에는 장편소설 『비창』으로 한국펜문학상을 받았다. 1982년에는 단편소설 「삐에로와 국화」가 영화화되어 개봉되었는가 하면, 1985년에는 영남문우회 회장을 역임하는 등 작품 바깥에서 화창한 봄날 같은 소식들이 있었다.

2-9. 신군부 시대, 작가의 자리

1970년대에서 1980년대로 넘어가는 시대사의 분수령에서, 한국 사회는 하나의 극적인 사건을 맞게 된다. 곧 12.12 군사반란이다. 1979년 12월 12일 전두환·노태우 등을 중심으로 한 신군부 세력이 정승화 육군 참모총장 등을 불법적으로 강제 연행하고 군권을 장악하면서 시작된 군사반란 사건이 그것이다. 신군부 세력은 1980년 5월 17일 비상계엄 확대를 계기로 국가권력을 탈취하고 쿠데타 일정을 마무리했다. 12·12 군사반란의 진상은 권력에 의해 은폐되어 있다가 김영삼 정부 아래서 '하극상에 의한 군사쿠데타'라는 역사적 평가를 받게 되었다. 그로부터 한국문학의 1980년대는 신군부에 저항하는 '운동개념으로서의 문학'이 풍미했으나, 이병주는 이러한 당대의 흐름과는 그다지 관련이 없었다.

그는 박정희와 가깝다고 알려져 있었지만 실상은 그 반대였고, 오히려 전두환과 끝까지 자별(自別)한 관계를 유지했다. 전두환은 대통령직을 퇴임하고 9개월이 되던 1988년 11월 23일 오전 10시, 유배 아닌 유배로 백담사로 가기 위해 연희동 자택에서 28분짜리 대국민 성명서를 낭독했다. 그 성명서의 마지막 자구(字句) 수정을 당대 최고의 인기 작가 이병주가 했다고 알려져 있다. 전두환과 그 부인 이순자가 2년에 걸쳐 강원도 오지의 백담사에서 '귀양살이'를 할 때, 이병주는 그래도 세 번을 찾아갔다. 재임 시의 공과는 차치하고, 그가 일생 붙들고 살아온 인본주의의 심사 때문이었을 것이다. 그는 1989년 서당에서 상재한 『대통령들의 초상』에서 당시의 상황을 비교적 자세히 회고한다. 다음 예문은 전두환의 회고록에 있는 글이다.

사과문은 아홉 차례의 수정 보완을 거쳐 백담사로 떠나는 11월 23일 새벽녘이 되어서야 완성됐다. 그 하루 전인 11월 22일 저녁, 작가 이병주 씨가 찾아왔다. 부산에 있다가 내가 23일 연희동 집을 떠난다는 뉴스를 듣고는 급히 올라왔다는 것이다. 나는 사과문 원고를 건네주며 문안이 완성되기까지 진통이 있었다는 얘기와 함께 내용을 검토해 달라고 부탁했다. 원고를 본 이병주 씨는 민 비서관이 했던 말과 똑같은 얘기를 했다. 무엇을 그렇게 잘못했다고 사과 일변도의 얘기만 하느냐, 내용이 너무 처연하다. 할 말은 해야 하는 것이 아니냐고 했다. 나는 민 비서관에게 했던 얘기를 반복할 수밖에 없었다. 이병주 씨는 민 비서관에게 20여 대목의 자구를 수정하면 좋겠다는 메모를 남겼고, 그 과정을 거쳐 23일 아침 최종본이 나에게 보고되었다.

그런데 그에 앞선 대통령 박정희는 이병주로부터 전혀 점수를 얻지 못했다. 앞서 남재희의 언급처럼, 박정희가 죽고 난 뒤 이병주는 그를 자신이 축조한 심판대 위에 세웠던 것이다. 그것이 『그해 오월』과 『그를 버린 여인』으로 소설화되어 나타났음은 이미 살펴본 바와 같다. 1986년 4월 《동서문학》에 발표한 단편소설 「어느 낙일(落日)」 또한 그와 맥락을 같이하는 작품이다. 이 단편은 장편 『그를 버린 여인』의 서론 격에 해당한다고 할 수 있다. 이처럼 그는 한 시대의 작가로서, 또 지성인으로서 자신이 겪은 대통령들을 바라보는 시각을 명료하게 표현했다. 특히 『산하』에서는 이승만의 사유와 행위를 생생하게 묘사했다. 다음 예문은 『그를 버린 여인』 하권에 기록되어 있는 박정희의 죽음에 대한 평가다.

확실한 것은 김재규가 쏜 권총 소리가 수십만 수백만이 외친 원성과 아우성 소리보다도 높았다는 사실이다. 십수 년에 걸쳐 거듭된 학생들과 군중의 데모가 해내지 못했던, 또한 무수한 야당 정치가와 반체제 인사들의 때론 극형을 초래하기도 한 항거와 책모로서도 이룰 수 없었던, 한 시대의 종지부를 찍는 획기적 결과는 김재규의 권총이 마련했다는 뜻이다. 그 성질상 분명한 논리적 해명은 불가능한 것이라고 해도 테러리즘의 철학과 정치적 의미와 역사적 의미는 어두운 하늘에 번갯불과 같이 순간적인 황홀을 새긴다. 테러리즘의 미학이 성립하기도 한다. 그런 까닭에 제정 러시아의 테러리스트들은 자기들의 테러 행위를 '인류의 새벽에 명성(明星)을 주기 위한 것'이라며 뽐냈던 것이다.

박정희의 제3공화국에 대한 신랄한 비판을 담은 장편소설 『그해 오월』은, 1982년 9월부터 《신동아》에 연재를 시작하여 1988년 8월까지 모두 69회에 걸쳐 수록되었다. 그 제목이 뜻하는 바와 마찬가지로 5.16 군사쿠데타로 비롯된 군사독재 정권의 전말(顚末)을 그리고자 했는데, '이사마(李司馬)'란 주인공을 내세웠다. 이 인물은 당연히 그가 '사관'으로서 역사 기록의 모범으로 삼고 있는 『사기』의 저자 사마천(司馬遷)의 이름을 빌어온 것이다. 그런데 오랜 원한과 의욕이 함께 작동한 탓인지, 이야기로서의 소설보다는 자료의 집합이 더 우세한 느낌이 있다. 마치 후대의 작가 임철우가 광주민주화운동의 이야기를 다섯 권의 장편소설로 그린 『봄날』이 꼭 그러하였듯이 말이다. 다음 예문은 『그해 오월』 3권에 나오는 이사마 출옥 시의 한 장면이다.

이사마가 형무소에 들어갔을 무렵의 집은 5월의 신록에 곁들어

5월의 꽃이 만발한 뜰을 갖추고 있었다. 그런데 나와보니 처남의 집 한 칸을 빌려 사는 궁색한 꼴이 되었다. 어머니는 아들이 서울로 떠나려는 이유를 그 언저리의 사정에 있는 것으로 직감하고 있는 모양이지만 사실은 그렇지가 않았다. 감옥생활을 하고 나온 아들, 아비, 남편을 보는 육친들의 눈이 너무나 힘에 부쳤던 것이다. 그러한 눈과 눈을 비좁은 공간에서 견디어낼 만한 신경이 아니었다.

서울에 가서 무엇을 한다는 계획도 없었다. 서울에 가서 어디에 숙소를 정할지 그 요량도 없었다. 어머니는 서울에 가면 막내동생의 집이 있으니 그곳에 가 있겠지 하는 생각을 한 것 같지만 이사마는 그럴 작정도 아니었다. 집에서 견디지 못하는 육친의 눈을 동생 집에서 견디어내리라곤 상상도 못할 일이다.

이제 다시 분위기를 좀 바꾸어 보자. 이병주가 해외여행을 폭넓게 했고 또 이를 소설화한 사례가 많으며 그 소설들이 대체로 수발(秀拔)하다는 사실에 비추어 보면, 1982년에 상재한 『허드슨 강이 말하는 강변 이야기』는 주목할 만하다. 이 소설은 1982년 국문에서 간행되었다가 1985년 심지에서 다시 『강물이 내 가슴을 쳐도』라는 제목으로 나왔다. 소설의 무대는 뉴욕. 한국에서 사기를 당하여 가족을 모두 잃고 미국으로 건너간 '신상일'이라는 인물이 그 낯선 땅에서 기묘한 인연들을 만난다. 그것이 인생과 예술의 존재 양식에 어떤 의미를 갖는 것인가를 묻는 소설이다. 다른 작품들과 마찬가지로 매우 재미있고 드라마틱하다. 이는 작가의 뉴욕 거주 체험과 관련이 있고 작가는 후속편의 뉴욕 이야기를 쓰고자 했으나 그 꿈은 이루어지지 않았다.

이 장편 『허드슨 강이 말하는 강변 이야기』와 단편 「제4막」은 이병주 소설 가운데 뉴욕이라는 거대 도시를 직접적인 배경으로 한 작품이다. 작가 자신이 꽤 오랜 뉴욕 체류 경험을 가지고 있고, 이 세계 최대의 도시가 가진 속성과 그 가운데서의 인간 군상을 여러 모로 목도한 사실이 이 작품들을 창작하게 한 원동력이 되었을 것이다. 그의 전체 작품세계를 관류하여 살펴보면 창작이 지속될수록 그 무대를 점진적으로 확대해 가는 형용을 볼 수 있다. H읍이라는 이름으로 표기된 향리 하동, C시라는 이름으로 표기된 10년 거주지 진주, P시라는 이름으로 표기된 부산을 넘어 일본, 동남아, 미국, 유럽 등 종횡무진의 지경으로 내닫는다.

그는 이 작품에서 박학과 박람을 자랑하는 문학적 호활(豪活)을 자신의 전매특허처럼 과시한다. 그와 같이 범주가 넓고 규모가 큰 서사적 형상력 속에서 중심인물 또한 기구한 운명과 맞서서 온갖 간난신고를 헤쳐 나가는 모습을 보인다. 『허드슨 강이 말하는 강변 이야기』의 신상일이 하나의 표본이다. 일찍이 이 작가가 데뷔작 「소설·알렉산드리아」에서 선보인 기상천외한 이야기와 그것이 유발하는 재미 또한 이와 유사하다. 이 서사성의 확장과 증폭이 가

작가 황순원 씨와 함께(위)
1984년 모임에서 만난 이병주, 이병도, 이희승(아래)

능하자면 중심인물이 일반적이고 선량한 캐릭터로 출발하는 것이 보다 효율적이다. 그러한 측면은 「제4막」의 주인공 '나'의 경우에도 동일하게 적용된다.

뉴욕이라는 소설의 무대가 천의무봉의 필력을 구사하는 작가와 만나고, 그것이 대중적 수용성이라는 방향성과 결합한 곳에 이 작품들이 놓여 있다. 그러할 때 등장인물들의 고통조차 가치 있게 느껴진다. 작가는 「제4막」의 말미에서 "이런데도 뉴욕에 애착하지 않을 수 있겠는가"라고 반문한다. 이병주의 뉴욕에 대한 애착을 십분 이해할 수 있는 대목이다. 실제로 그는 뉴욕에 오래 체류했고, 거기서 살림을 차렸으며 딸 하나를 얻은 것으로 알려져 있다. 그는 타계 두 해 전인 1990년 《신경남일보》의 명예주필 겸 뉴욕지사장 자리를 얻기도 한다. 그의 말년 그리고 발병 및 타계는 뉴욕과 밀접한 관련을 가지고 있다.

그러나 그것은 더 나중의 일이고, 지나온 역사와 그에 대한 기억 그리고 평가에 대한 이병주의 글쓰기는 영일이 없이 계속되었다. 그는 1980년 6월 《한국문학》에 「세우지 않은 비명(碑銘)」을, 같은 해 11월 같은 지면에 「8월의 사상」을 발표했다. 1982년 2월 《현대문학》에 「빈영출」을, 1983년 1월 《한국문학》에 「그 테러리스트를 위한 만사(輓詞)」를, 그리고 같은 해 9월 《현대문학》에 「박사 상회」를 발표했다. 이 가운데 「세우지 않은 비명」, 「8월의 사상」, 「그 테러리스트를 위한 만사」는 시대와 사회의 핵심적인 문제에

다가서는 글이지만 「빈영출」과 「박사상회」는 조금 결이 다르다. 이 두 소설은 시대사의 세파(世波) 속에서 독특한 캐릭터와 함께 부침하는 인물들의 정황을, 매우 해학적이고 통쾌하게 그린 작품이다. 그런 점에서 이병주의 문학 가운데서도 유난히 돋보이는 경우다.

중편「세우지 않은 비명」은 화자인 '나'와 소설 속에 액자로 매설된 이야기의 화자인 성유정 등 두 인물의 발화로 구성된다. 이를테면 '나'가 성유정의 수기를 소개하는 형식을 갖추고 있는데, 이병주 소설의 오랜 관행에 비추어 보면 '나'나 성유정이 모두 작가의 의도를 대변하는 인물이라 할 수 있다. 비록 액자소설의 모양으로 갖추고 있다 할지라도 그 구분 자체가 별반 의미가 없다는 말이다. 성유정은 학도병으로 끌려가 1년 남짓 중국 양주에 머물렀는데, 작가 자신이 동일한 상황으로 소주에 머물렀던 정도가 소설적 환경의 문제에 있어서 다른 점이다. 성유정의 활동 무대는 그 중국에서 일본으로, 동북아의 한·중·일 세 나라에 함께 작동하고 있다.

작품 속의 시간 설정은 1979년에서 1980년대로 넘어가는 무렵이다. 1979년에 캄보디아의 폴포트 정권, 이란의 팔레비 국왕, 아프리카 우간다의 이디 아민 대통령, 중미 니콰라과의 소모사 대통령, 중앙아프리카의 보카사 황제, 그리고 중미 엘살바도로의 로무론 정권 등 무려 여섯 명의 독재자가 붕괴·타도·축출된 기념비적 기록이 제시된다. 물론 성유정의 수기에서다. 그런데 그러한 역사의 격동을 배경에 두고 성유정인 '나'는 매우 개인사적으로 어머니의 위암과 자신의 간암에 직면한다. 일제 말기에 학병으로 끌려갔고 6·25 때 자칫 죽을 뻔했고 5·16 때 징역살이를 한, 역사의 고빗길마다 고난을 겪은 개인사를 돌이켜 보면 이 두 불치병의 배면에 지구 전반에 걸친 엄청난 시대사의 소용돌이가 닮은꼴로 계속되고 있는 것이다.

액자 속의 '나' 성유정은 자기 생애의 정리에 착수한다. 그 중 가장 중요한 숙제가, 학생시절 일본에서 만나 임신을 시킨 채 연락을 두절한 여자를 찾는 일이다. 37년 전 당시 19살이던 미네야마 후미코다. '나'는 수기에서 스스로를 '불량학생'이라 표기하고, '바람을 심어 폭풍우를 거두는 엄청난 고역'이라 표현한다. 열흘을 예정하고 떠난 일본행에서 '나'는 여자를 만나지 못한다. 천신만고 끝에 행적을 찾았으나, 여자는 사망한 것으로 되어 있고 태중의 아이에 대한 정보는 전혀 없다. 비슷한 상황을 그린 단편 「환화(幻花)」에서 옛 여자와 딸을 함께 만나는 이야기를 축조한 것과는 아주 다른 이야기다.

'나'는 귀국하여 어머니의 임종과 장례를 치르고, 그 삼우제를 지낸 이튿날 타계한다. 이에 따라 액자 밖의 '나'는 성유정의 운명(殞命)을 전하며, 소설의 말미에 중국 청대(淸代)의 시인 왕어양(王漁洋)의 한시 한 절을 가져다 둔다. 그 구절에서 채자(採字)하여 소설의 부제로 '역성(歷城)의 풍(風), 화산(華山)의 월(月)'이란 에피그람을 설정했다. 그러나 이는 다음에서 언급할 단편 「유리빛 목장에서 별을 삼키다」의 제목처럼 사뭇 겉돌고 있다는 느낌이 약여하다. 지역적 환경, 그에 결부된 지적 수준이 소설의 이야기와 보다 조화롭게 악수하지 못한 탓이다. 그러나 동북아 세 나라를 망라하는 공간 환경은, 다른 작가에게서 찾아보기 어려운 견문의 확산이며, 그것이 소설적 조력으로 성취를 보인 사례다.

「8월의 사상」은 역사적 사건들 속에서 숫자 8을 이끌어 내면서 소설의 담론을 펼쳐 보이는데, 노년에 이른 작가의 일상을 술회하고 있으니 앞선 두 소설에 비하여 시간상으로는 그 파란만장한 체험들의 후일담에 해당한다. 이제는 건망증 증상까지 겹쳐 술을 끊기로 다짐하지만, 그동안 밟아온 다양다기한 인생 편력의 그림자들이 이를 불가능하게 한다. 외형에 있어서는 사소한 푸념일지라도, 그 내면의 실상으로는 일생을 감당한 세월의 무게가 운명처럼 실려 있다는 것이 이 작가의 '8월의 사상'이다. 역사와 운명과 문학, 이들을 한 꿰미로 엮어 각기의 작품으로 가공한 세 가지 사례가 여기에 있다.

영웅시대 후일담의 돌올한 존재 양식을 말하는 「그 테러리스트를 위한 만사」는, 1965년 데뷔작 「소설·알렉산드리아」 이후 20년 가까이 지속되어온 그의 문학 세계 패턴을 여러모로 함축하고 있다. 이미 독자들에게 익숙한 인물과 사건의 유형, 그리고 이야기의 구조를 반복적으로 드러내는 동시에, 여전히 유의미한 서사적 장치에 실은 소설적 재미와 교훈을 함께 공여하는 작품이다. 이 소설에는 동정람과 하경산이라는 매우 독특하고 기이한 두 사람의 노인이 등장한다. 일제강점기의 항일 경력을 가졌고 구소련과 중국 대륙을 풍찬노숙으로 횡행한 이력의 소유자이며, 그와 같은 영웅 시대의 역사적 행적과 거대 담론의 그림자를 안고 지금은 공덕동 서민촌에서 청빈하고 고고한 기품으로 살아가는, 동시대로서는 품절의 인물들이다.

이 두 사람을 관찰하고 그 외형과 내면을 서술하는 '나'는, 이병주 소설 곳곳에서 기록자로 출현하는 '이 군'이나 '이 선생'의 또 다른 모습이다. '나'는 경산을 거쳐 표제의 호명 '그 테러리스트'의 주인인 정람에게로 접근한다. 경산이 일상적 삶의 범주를 지키며 일탈의 사유체계를 끌어안는 상식적 인물이라면, 정람은 일탈의 방식 속에서 인생의 근본주의를 추구하는 탈상식적 인물이다. 경산이 정론적인 시선을 가진 투사의 면모를 가진 반면, 정람은 전위적인 사고를 실천하는 테러리스트로서의 전력을 지녔다. 그러한 점에서 두 인물은 서로 닮기도 하고 또 다르기도 하다. 분명한 것은, 오늘날과 같이 의식의 분절과 파쇄가 선험적으로 주어진 시대는 이와 같은 성향의 문제적 인물들을 더 이상 생산할 수 없다는 사실이다.

또한 이 소설에는 이병주 소설에서 수시로 그려지는, 가장 순종

적이면서도 가장 주체적인 여성 인물들도 그 익숙한 얼굴을 내밀고 있다. 피리 불기에 달통한 정람의 음악적 천재에 이끌려온 임영숙, 소설 중반 이후에 역할을 가진 목로주점의 진주댁이 그들이다. 임영숙은 정람의 임종에 이르기까지 결국 자신의 전 생애를 던졌고, 진주댁은 정람에게로 향하는 아들의 칼을 가로막고 스스로의 목숨을 버렸다. 거기에 과거사의 굴곡 속에서 형언할 수 없을 만큼의 악역을 감행한, 극도로 부정적인 인물도 따라 다닌다. 일본 관동군의 악명 높은 밀정이었던 임두생의 존재가 바로 그렇다. 20세기 중반의 일본 유학생이자 학도병 출신인 작가가, 한일 관계사와 그것의 청산에 깊은 관심을 가졌던 연유로, 임두생과 같은 악한의 캐릭터는 그의 소설 여러 자리에 일정한 기능이 있다. 물론 임두생의 반성과 변화는 이 관행과 별개의 문제다.

시대의 변환에 따라 급격히 구습의 유물처럼 변해버린 역사성의 인물, 어쩌면 로맨틱 코미디가 될 것도 같은 사랑 이야기를 소설 문맥 속에서 천연히 발양하는 여성 인물, 천인공노할 패륜의 민족 반역자인 악역의 인물, 이들을 균형감각을 갖고 바라보는 발화자요 기록자로서의 작중 소설가, 그리고 이들을 무리 없이 부양하는 각양의 배경인물들이 이 작품으로 하여금 오락과 교의를 두루 갖춘 장점을 끌어안게 한다. 표제를 이룬 용어 '테러'가 지시하는 바와 같이, 이 소설은 테러에 대한 정람의 생각, 노 테러리스트가 가진 신념의 성격을 매우 공들여 서술한다. 작가의 표현에 의하면,

올곧은 테러는 살생(殺生)이 아니라 살사(撒死), 곧 이미 정신이 죽은 자를 죽임으로써 명분의 대의를 세우는 일이다. '사랑'이야말로 테러를 추동하는 힘이라는 것이다.

일견 궤변처럼 들리는 논리가 소설 속에서 설득력을 얻는 것은 매우 아이러니컬하다. 이 소설의 테러관(觀)에는 궁극적으로 인간애와 인본주의가 잠복해 있는 셈이다. 그러기에 환경조건과 관계없이 올바른 세계관으로 임두생을 죽이려는 정람의 결의가 고결해 보이고, 동시에 아내를 능욕하고 죽게 만든 원수 임두생을 비호하는 경산의 행위도 고결해진다. 그런데 이 모든 일들은, 이윽고 격랑의 역사가 스쳐간 그 뒤안길의 후일담일 뿐이다. 만약 정람과 경산의 사건이 활화산 같은 분출 현장의 일이라면, 이처럼 한가한 논쟁은 의식의 사치에 불과할 뿐이다. 바로 여기에 값이 있다. 후일담의 존재양식으로 과거의 역사를 평가할 때, 비로소 온전하게 정돈된 시각으로 '인간'을 되살릴 수 있을 것이기 때문이다.

소설 속의 정람은 피리의 곡조, 음악적 감각의 천재성을 유감없이 발휘한다. 뿐만 아니라 그 정제되고 민첩한 언동 또한 천재성에 부합하도록 그려진 인물이다. 그의 천재가 없이는 임영숙을 끌어들일 구조가 성립되기 어렵고, 진주댁과의 로맨스도 개연성을 확보하기 어렵다. 이 유난한 인물의 천재는 그러나 이야기 속에 아주 자연스럽게 녹아 있어, 정람이나 경산이 꼭 실존 인물일 것만 같은 독후감을 촉발한다. 마치 『관부연락선』의 유태림이 어느 모로나 실존자로 보이는 것과도 같다. 이 소설에서도 『관부연락선』에서와 같이 짧은 표면적 시간대 뒤로 근대사의 흐름을 방불하는 장구한 시간적·공간적 부피가 내포적으로 매설되어 있다. 작가가 정람을 소설의 표면으로 밀어 올리는 방식도 순차적이고 점층적인 수순을 밟아간다.

정람과 러시아 혁명의 주인공 레닌, 정람과 폴란드 태생의 소녀 에스토라야 이야기도 그 점층법의 단계에 걸쳐져 있다. 이러한 장쾌하고 드라마틱한 이야기 구성, 거기에다 호활하고 유려한 문장 스타일은 한국문학에서 이병주 소설이 아니면 목도하기 힘들다. 그런가 하면 동서고금을 누비는 체험적 서술 또한 놀라운 수준이다. 레닌과 스탈린을 비교 분석하는 것은 그렇다 하더라도, 곰이나 호랑이와 같은 동물에 이르러서 현란하게 펼쳐놓은 백과사전적 지식들은, 그 자신의 말대로 어쩌면 작가로서의 '재능의 낭비'인지도 모른다. 그가 보다 규준을 따른 소설 학습의 일정을 거치고, 최대 다산(多産)작가로서의 창작 관행을 밀도 있게 관리할 수 있었더라면 하는 질문이 제기될 수 있다.

만약 그러했다면 우리는 그야말로 그가 일찍이 목표로 했던 '한국의 발자크'를 더욱 실감 있게 목격할 수 있었을 것이다. 낭비의 혐의를 유발할 수 있는 그 모든 지리잡박(支離雜駁)을 포함하여, 그리고 근대사의 중심을 관류하는 오연한 서술자의 기개를 더하여, 그는 만사(輓詞)의 형식으로 이 소설을 썼다. 극적인 사건 이후 주인공의 잠적과 오랜 세월 후 돌연히 그의 부고를 발출하는 방식은, 이 소설의 동정람 경우와 다른 단편 「빈영출」의 중심인물 빈영출 경우가 닮은꼴이다. 그는 지사(志士)와 범부(凡夫) 모두에게 만사를 바칠 수 있는, 가슴 속의 평량(秤量)이 넓은 작가였다.

2-10. 세속적 몰락과 해학의 소설

 이야기의 풍미와 문장의 여려(麗麗)가 빼어난 두 단편 「빈영출」
과 「박사상회」는, 이병주의 작품세계를 넘어 우리 문학사에서도
괄목할 만한 성과작이다. 소설이 재미있어야 한다는 것은 동서고
금을 막론하고 하나의 불문율에 속하는 사실이지만, 그 오락성이
위주가 되면 고급한 문학적 수준을 담보하기 어렵다는 데 문제가
있다. 그런데 세속 저잣거리의 맛깔 나는 이야기를 통해 흥성한 재
미와 통렬한 세태 풍자, 수준 있는 해학과 진중한 교훈성을 함께
걷어들인 것이 이 두 소설이다. 이들의 저잣거리에서 우리는 세속
적 몰락의 두 경우와 해학을 만날 수 있다. 과히 이병주가 아니면
어려운 경지가 아닐까 한다.
 주지하다시피 이병주는 문·사·철(文·史·哲)에 두루 소통되는
작가이며, 그의 작품을 통해 여러 방향으로의 토론과 가치관 논쟁
이 가능한 면모를 보인다. 이 소설들은 궁극적으로 세상살이를 요

령과 수단으로 일관한 끝에 몰락의 길을 걷게 되는 두 인물을 내세
웠지만, 그에 대한 평가의 시각이 이분법적 흑백논리에 의거할 수
없도록 하는 힘과 생각의 깊이를 가졌다. 실상에 있어 준열히 타매
해야 할 이들 패배자에 대해 단선적 미움을 넘어서 각기의 정황에
대한 이해, 그리고 그 특출함에 대한 공감 등이 함께 유발된다. 뿐
만 아니라 여기에서는 과거의 역사 공간에서 이병주의 역사 소재
소설들을 만나는 경우와 다르게 당대 사회의 가치관 변화도 동행
하고 있다.

이를테면 흥부와 놀부, 백설공주와 계모 왕비를 새롭게 가치 규
정하는 탈근대적 세태의 면모가 함께 결부될 수 있다는 말이다. 그
러나 이 모든 곡절 가운데서도 인간에 대한 존중, 인간의 위신에
대한 믿음은 예나 이제나 촌보의 변동도 없다. 그러한 까닭으로
「빈영출」에서는 실제적 해설자인 성유정의 감회에 깊이를 더한다.
「박사상회」에서는 조진개의 몰락과 천금순의 명물화를 병치하고,
역사에서 세속으로 시간적·공간적 이동을 감행했으되, 오래 묵은
그 근본을 그대로 안고 왔다. 소설의 배경으로 지리산을 매설하는
것도 매한가지이다. 「빈영출」의 이야기 무대는 바로 그 지리산 자
락이고 「박사상회」의 천금순은 지리산 출신이다.

「빈영출」은 1982년, 「박사상회」는 1983년 모두 《현대문학》에
발표되었다. 신군부 군사정권의 서슬이 시퍼렇던 때다. 그러기에
이 작품들 속의 풍자와 해학은 한층 빛나는 대목이 된다. 일종의

우화이되 우화만으로 그치지 않게 하는, 우리 삶의 존재 방식에 대한 예리한 질문이 소설의 행간 속에 숨어 있다. 소설을 쓰기 시작한 지 20년 가까운 세월에 원숙한 작가의 기량과 유장 유려한 문장이 넘치는 모양은, 마치 황순원이 그 단편 창작 역량이 최고조에 달했을 때 「소나기」나 「학」과 같은 명단편을 썼던 것을 유추하게 한다. 김유정의 해학적 인물 묘사, 채만식의 역설적 의미 생성에 비추어서도 문학사적 친족관계를 발견할 수 있다.

「빈영출」의 소설적 이야기는 설화에서 소설까지의 서사 장르 변화를 함께 담고 있는 듯하며, 그 속에 천일야화(千一夜話)를 닮은 몇 개의 기발한 삽화가 잠복해 있기도 하다. 그러면서도 이병주 소설의 여러 절목을 두루 펼쳐놓는다. 지리산이 남쪽으로 뻗은 자리의 고향, 독립운동가였던 숙부, 학도병 출신의 관찰자 등이 그러하고 '조금 색다른' 방식이긴 하나 친일문제를 천착하는 것 또한 그러하다. 이 소설은 3인칭 관찰자 시점으로 일관하면서 작가의 다른 여러 소설에서 이미 우리에게 낯익은 성유정이란 인물을 등장시킨다. 성유정의 성정(性情)도 다른 곳에서와 매한가지로 사려 깊고 사색적이며 주변의 신뢰를 한 몸에 걷어들인 그대로다. 그와 빈영출이란 '특출한 인물'과의 '기묘하다고도 할 수 있는 교의(交誼)'를 바탕으로 소설은 출발한다. 올장가를 들었고 8세나 더 먹은 나이로 성유정과 함께 학교를 다녔으며, 일제 시절 경찰 주재소 앞에서 행정 대서소를 했고 해방 후에는 민선 면장을 지낸 인물

『박사상회│빈영출』(2009년판) 표지

이 빈영출이다. 일인 교장이 교과를 맡아 어린아이의 교실에서 강압적으로 '학교의 질서' 운운하던 때, 풀뿌리 민주주의의 시험기에 면장과 면의회의 줄다리기가 가능하던 때가 소설의 배경이니, 이 박람하고 이야기의 재미에 익숙한 작가가 허술하게 넘어갈 리 없다. 더욱이 빈영출의 색다른 방식의 친일이 주재소의 일본인 순사부장 마누라를 차례로 관계하는 것이고 보면, 그 기상천외한 엽색 행각이 소설을 관통하는 하나의 줄기가 되고 있다. 미상불 빈영출은, 면장이 되고서도 못 고친 그 버릇과 면 재산 축낸 것으로 불신임 결의를 당하고 파산한다.

> 그러나 그런대로 식사는 시작되었는데 빈 면장이 숟갈을 밥그릇에 꽂아 넣는 다음 순간, 날계란의 노른자가 밥 표면에 떠올랐다.
> 아차 싶었다.
> 면 의원들은 각기 자기 숟갈로 밥을 뒤집었다. 날계란이 담긴 밥그릇은 면장 밥그릇뿐이었다.
> "기분 나빠 이런 점심 못 먹겠다"며 김한태 의원이 숟가락을 집어던지고 휑 나가 버렸다. 그러자 한 사람 두 사람 숟갈을 놓고 나갔다. 의장도 나갔다. 남은 사람은 빈영출과 이상태 의원과 성유정 셋이었다.

성유정이 빈영출의 요청으로 고향으로 돌아와, 천신만고 끝에 양해를 구하고 사화(私和)의 의식으로 점심을 함께 먹는 시간이었다. "장마당에 가게 차려놓은 여자치고 그놈과 붙지 않은 년은 한 년도 없을 끼요"라는 비난이 무색하게 날계란 사단이 벌어졌다. 계란 하나로 사태의 반전을 불러오는 기막힌 장면이 바로 이 인용문이다. 점심이 파장이 된 것이 공교롭게도 원래 면의회가 소집되어 있던 오후 1시였다. 그로써 소식이 두절된 빈영출이 유명(幽明)을 달리한 부고(訃告)의 주인공이 되어, '고색이 창연한 형식에 고향의 먼지 내음 같은 것'을 대동하고 성유정의 면전에 나타난 터이다.

이 소설은 전지적 작가의 시선이 닿아 있는 성유정의 생각과 작가 관찰자의 주목을 받고 있는 빈영출의 행동을 교차하면서 진행된다. 빈영출의 죄목은 어떤 도덕률에 비추어도 용서받기 어려운 정황에 있지만, 일제강점기에는 그 대상이 일인녀(日人女)라는 사실로, 해방 후에는 일제강점기의 면민 보호라는 후광으로 용서를 받아왔다. 그런데 그 한계점에 성유정이 등장하고 화해와 불신임의 기로가 아주 사소한, 이를테면 날계란 하나로 전복되는 극적인 이야기 구성을 유발하는 것이다. 죄와 우의의 경계를 과거 천렵 시절의 '빈 총무'란 말 한마디로 뛰어넘는 방식, '지구에 손님으로 와 산다'는 희성(稀姓) 빈씨 성에 대한 해석 등은 모두 이 작가의 소설적 기질과 범주를 짐작하게 하는 부분이다.

「박사상회」에서 중심인물 조진개를 묘사하는 대목이 김유정의 「봄봄」이나 「동백꽃」의 인물 묘사와 방불하다는 사실은, 당초 이 부문의 전문성으로 출발하지 않았던 작가의 시각이 한결 폭넓고 부드럽게 세상사의 풍광에까지 미쳤다는 반증이다. '불로동'이란 곳이 소설의 무대이며, 이곳은 15년 전에 서울시에 편입된 변두리 빈민가이다. 여기에 어느 가을 석양을 등지고 조진개라는 자가 나타난다. 이 사내를 통해 현실에서 도무지 가능하지 않을 것 같은 이야기가 천연덕스럽게 펼쳐지고, 소설이 진행되는 동안에 그것이 자연스럽게 납득되도록 하는 힘이 이 작품 가운데 있는 것이다.

> 조진개가 불로동에 나타난 것은 잡화점 지붕의 풀이 가을바람에 스쳐 노인의 헝클어진 백두(白頭)처럼 되어 있을 무렵이다.
> 그는 석양을 등에 지고 불로동에선 유일한 복덕방인 하 노인의 가게에 들어섰다. 키는 겨우 150센티미터가 될까 말까 한 땅딸보, 얼굴빛은 해를 등진 탓도 있었겠지만 아프리카인만큼이나 검었고, 눈은 족제비를 닮아 가느다랗고 길게 째어져 있었다. 국방색 점퍼에 검은 바지, 등산모 같은 것을 쓰고 있었는데 최소한도의 재료로써 못난 사내를 만들어보았다는 표본 같은 인상이었다. 나이는 30세에 두세 살 모자랐을까 말까.

이 우스꽝스러운 사내는, 그러나 김유정의 순박한 시골 사내들처럼 무골호인도 아니고 무력하게 세월을 보내지도 않는다. 그는 매우 치밀하게 불로동의 중심인물로 성장해간다. 노인들을 설득하고 자리를 얻어 구둣방을 시작하는가 했더니, 어느결에 '박사상회'란 명호를 내걸고 빈민촌의 구매심리를 일깨우는 상술을 발휘하기 시작한다. 마침내 구둣방 자리에 5층 건물의 '박사빌딩'을 세우고 대학을 나온 미모의 여자와 결혼한 조진개는 세속적 성공의 극점에 도달한다. 바로 이러한 대목이 처음의 독자가 보기에 현실성이 없어 보이는 부분인데, 이 상식적 인식을 교정하는 필력이 이 작가의 것이라는 말이다. 물론 거기에는 사필귀정(事必歸正)의 결과가 엄연히 따라온다.

그 과정에서 집주인이던 안 노인 부부의 재산을 물려받은 의혹을 비롯하여 석연찮은 일이 많으나, 그의 성공은 기막힌 아이디어와 실천 전략에 의거해 있다. 조진개의 기상천외한 성공담을 매우 객관적인 어조로 나열하고 있는 작가는, 그런 점에서 광고회사의 대표나 상사의 영업부장들을 동원하더라도 어려워 보이는 수준으로, 판매와 구매 사이의 심리적 거리를 재고 있는 전문가다. 그 능란한 손끝에서 탄생한 조진개가 계속해서 불량한 영화를 누리고 있기는 힘들다. 참으로 교훈적이게도, 조진개의 몰락은 물질적 풍부에 버금가지 못하는 인간성의 결격으로부터 말미암는다.

천박한 욕망의 끝에 불성실한 아내와 더불어 불효한 아들이 되더니, 거리의 여론이 악화일로일 무렵 조진개는 월세 준 다방의 마담 천금순과 충돌한다. 저 지리산 밑에서 상경한 여걸풍의 경상도 여자다. 이 사건이 조진개를 장송(葬送)하는 서곡이 되는 터인데, 그 배경에는 천금순의 억센 저항만이 아니라 동민들의 마음이 모인 응원이 결부되어 있다. 박사상회는 그 주인과 더불어 패망과 몰락의 길을 걷는다. 이 과정은 세상에 흔한 염량세태의 현현이 아니며, 인간이 지켜야 할 최소한의 도리와 체면이 무엇인가를 호쾌하게 보여주는 소설적 전개에 해당한다.

시종일관 이 사태를 관찰하고 있는 '나'는 사건에 개입하지 않고 방관하는 화자(話者)이지만, 관찰자를 내세우는 작가의 이야기 구성 관행을 닮고 있을 뿐 그 역할에 있어서는 별반 강세가 없다. 이처럼 무색무취한 해설자를 군이 내세울 필요가 없어 보이는 채로, 그는 소설의 결말에 이르기까지 주어진 소임을 다하기 위해 애쓴다. 그 결말은 사뭇 교훈적이며 여전히 부드럽고 깊이 있는 웃음의 표정을 벗지 않는다. 불로동이나 조진개라는 이름, 땅딸보의 표현을 미화한 면장(免長), 몰락한 박사회관의 개칭 박살회관 등 도처에 숨어 있던 일탈의 표현들이, 수미 상관한 해학성의 꿰미에 걸려 있음을 보게 된다.

조진개의 영악한 위선이 세태의 표면에 떠오른 장면을 두고, 작가는 "봄이 왔는데도 제비가 불로동에 돌아오질 않았다"라는 문장으로 상징화한다. 일찍이 흉노족을 회유하기 위한 인질이 되어 변방으로 끌려갔던 중국의 미인 왕소군이, "호나라 땅에는 화초가 없으니 봄이 와도 봄 같지 않다(胡地無花草 春來不似春)"라는 명편의 구절을 남긴 바 있거니와, 이 작가가 생각하는 불로동의 봄은 조진개의 성공 따위와는 당초 거리가 멀다. 인간다운 인간들이 모여 사는 동네, 그곳에만 봄도 제비도 돌아올 것이라는 핍진한 소망이 이 소설의 문면 아래에 숨어 있는 것이다.

조진개와 천금순의 이 어둡지만 쾌활하고 아픈 가운데 웃음이 번지는 이야기는, 앞서 빈영출과 성유정의 이야기와 마찬가지로 한국 현대문학에 보기 드문 골계와 해학의 소설 미학을 구현했다. 그런데 단편으로 끝난 이들의 다음 이야기가 편을 달리하여 계속되거나 장편으로 확대되었더라면, 또 다른 진진한 이야기의 전개를 만날 수 있었을 것이라는 미련이 남는다. 이병주의 다른 소설들에서 어렵지 않게 목도할 수 있었던, 그 장강대하 같은 이야기들과 어깨를 겯고 말이다. 이 작가의 그 가능성이 보다 일찍 사라진 아쉬움은, 곧 한국 소설 일반에 걸치는 아쉬움이기도 하다.

2-11. 큰 별 지고 더 빛나는 성좌(星座)

밀레니엄의 시대적 변곡점을 꼭 10년 앞둔 1991년, 이병주의 『행복어사전』이 MBC 드라마로 방영되는 흔연(欣然)한 일이 있었다. 그러나 이병주는 뉴욕에 체류하다가 건강에 이상을 느끼고 귀국하여 서울대학교 부속병원에 입원했다. 진단 결과는 폐암 선고였다. 그리고는 그 다음해 1992년 4월 3일 영원히 우리 곁을 떠나갔다. 살아생전에 근대사의 온갖 풍랑을 온몸으로 겪고, 그 역사의 굴곡을 기록하는 빛나는 문학의 성과를 거둔 작가, 그로 인하여 한국문학에 새로운 유형의 대형작가가 출현한 것을 알린 이가 바로 그였다. 당대 최고의 베스트셀러 작가였던 그가 별이 지듯 떠나고 나서야, 한국문학은 그로 인해 그 성좌가 한층 휘황했음을 느낄 수 있었다.

그는 자신의 작품 여러 곳에서 장 콕토가 남긴 유언을 인용했다. 그 문안은 이렇다. "사람은 모두 죽는다. 내가 죽거든 눈물을 흘리지 말라. 눈물을 흘리는 척만 하라. 내가 죽거든 슬퍼하지 말라. 슬퍼하는 척만 하라. 예술가는 원래 죽을 수 없는 것이다." 그는 여기에 자신의 말을 유언처럼 덧붙여 두었다. "어찌 예술가뿐이랴. 사람이란 원래 죽을 수가 없는 것이다. 죽은 척만 할 뿐이다. 그러고 보니 인생엔 죽음이란 게 없는 것이다. 따지고 말하면 자의에 의한 죽음이란 없고 타의에 의해 죽은 척만 하고 있는 것이다." 매우 의미심장한 말이다. 이 표현에 의지하여 필자는 존경하고 사랑하던 선배 문인 한 분의 유고집에 '작가는 작품으로 죽음을 넘는다'라는 표제를 붙여드린 적이 있다.

이병주는 자신의 호(號)를 '나림(那林)'이라고 썼다. 작가 스스로 1984년 11월 월간《마당》과의 인터뷰에서 나림은 '어떤 숲'을 의미한다고 말한 바 있다. 조금 유별난 '나(那)'는 우리가 통용하는 한자어에서는 쓰지 않는 말이고, 중국어의 의문 접두어로는 흔히 사용된다. 그러하니 '어떤 숲'이라는 부정형으로 열려있는 개념의 숲, 그것도 문학의 숲을 지칭하는 듯한 그 풀이는 사뭇 설득력이 있고 눈길을 끌기도 한다. 그가 역사 소재의 작품들과 함께 살아온 그 70 평생은, 그것이 소설로 발현되었기에 후인의 삶에 감동과 영향력을 주는 것이 아닐까. 그 소설의 숲 가운데는 실재했던 정몽주, 정도전, 허균 등 여러 역사 인물들이 등장하고 그 이름이 소설의 제목이 되었다. 『유성의 부』은 홍계남을 그린 소설이다. 모두 극적인, 비극적인 삶을 산 사람들. 결국 그도 이들처럼 소설의 표제 인물이 될 만한 행적을 남기고 홀연히 떠나갔다.

이병주가 말년에 뉴욕에서 '전두환 전기'를 쓰고 있었다는 풍문도 있으나 이를 확인할 길은 없다. 그러나 분명하게 남아 있는 미완성 유작은 장편소설 『별이 차가운 밤이면』이다. 이 소설은 계간 《민족과 문학》 1989년 겨울호부터 1992년 봄호까지 총 10회에 걸쳐 연재되다가 작가의 타계로 마무리를 짓지 못한 미완의 작품이다. 작가는 이 소설에 근대사회에서 노비의 자식으로 태어나 최고 학부 동경대학을 거친 후 일본인, 중국인으로 살아가는 한 인물의 자아를 찾아가는 고독한 여정을 담았다. 그 연재 자료를 수습하여 2009년 김윤식·김종회 편으로 문학의숲 출판사에서 단행본이 나왔다.

학병 세대의 대표적 작가인 이병주는 그 체험을 기록하기 위해 소설을 썼으며, 이 소설 가운데도 그러한 작가의 의도가 나타나 있다. 특히 이 소설은 학병 세대가 가진 국가주의의 문제를 추적하고 있으며, 그 내적 갈등의 기원이 전근대적인 노비제도에까지 거슬러 올라간다고 보고 있다. 작가는 이 소설적 이야기를 통해 국가주의를 넘어 동북아 정세 전체를 조망하는 시각을 확보하려 한다. 그 것은 국가 간 동향과 세계정세를 능동적으로 바라보며 그 와중에서 국가의 정체성을 확립해 보려는 소설적 시도로 읽힌다. 지금까지 그의 문학세계에서 만나던 세계관이 진일보한 형용이라 할 수 있을 것이다. 이것은 한국의 근·현대사를 직접 체험했던 지식인 작가로서 그가 유일하게 제시할 수 있는 논법이었을 것이다. 그런 점에서 그의 예기치 않은 타계가 더욱 안타까운 것이다.

이병주의 문학관, 소설관은 기본적으로 '상상력'을 중심에 두는 신화문학론의 바탕에서 출발하고 있으며, 기록된 사실로서의 역사가 그 시대를 살았던 민초들의 아픔과 슬픔을 진정성 있게 담보할 수 없다는 인식 아래, 그 역사의 성긴 그물망이 놓친 삶의 진실을 소설적 이야기로 재구성한다는 의지를 나타낸다. 우리는 그러한 역사의식의 기록이자 성과로서, 한국문학사에 돌올한 외양을 보이는 장편소설의 세계를 목격하게 되는 것이다. 물론 소설이 작가의 상상력을 배경으로 한 허구의 산물이므로 실제적인 시대 및 사회의 구체성과 일정한 거리를 가지는 것은 분명한 사실이다.

그러나 문학을 통한 인간의 내면 고찰이나 문학이 지향하는 정신적인 삶의 중요성, 그것이 외형적인 행위 규범을 넘어 발휘하는 전파력을 고려할 때는 문제가 달라질 수밖에 없다. 한 작가를 그 시대의 교사로 치부하고, 또 그의 문학을 시대정신의 방향성을 가늠하는 풍향계로 내세울 수 있는 사회는 건강한 정신적 활력을 가진 공동체라 할 수 있다. 이병주의 소설과 그의 작품에 나타난 삶의 실체적 진실로서의 역사의식이 우리 사회의 한 인식 지표가 될 수 있다는 것, 그리고 우리 주변의 범상한 사람들로부터 시작되는 대중 친화의 소설들이 그야말로 소설이 가진 이야기 문학의 장점을 추동(推動)할 수 있다는 것은, 그런 점에서 오늘처럼 개별화되

.

고 분산된 성격의 세태에 시사하는 바가 크다. 그런데 그동안 이병주의 소설을 두고 우리 한국문학이 연구 및 비평과 평가의 지평에 있어서, 엄연히 두 눈을 뜨고도 놓친 부분이 있다.

역사 소재의 작품에만 주목한 나머지, 대중 성향의 작품들이 어떤 진보와 성취를 이루었는가에 대한 논의의 장(章)을 마련하지 못한 것이다. 여기에서 살펴본 바와 같이 그의 대중성 지향의 소설들은, 대중성이라는 단독자만 추구한 것이 아니라 시대 및 역사의 굴절을 매우 효율적으로 수용하고 있다는 장점이 있다. 더 나아가 이 유형의 소설들은 한국의 어느 작가도 흉내내기 어려운 이야기의 재미로 풍성하다. 그것도 단순한 말초적 재미가 아니라 삶의 진중한 교훈을 동반한 것이다. 올해 이병주 탄생 100주년, 그리고 내년의 이병주 타계 30주기에 즈음하여 다시 상고해 보면 이 대목이야말로 한국문학 평자들의 새 과제가 아닐 수 없다. 그러기에 사후에 그의 문학을 두고 비평가와 작가들이 남긴 주요한 촌평들을 살펴볼 필요가 있다.

이어령은 "우리는 대중화되고 세속화된 사회를 살아가고 있다. 문학이 점차 소외되고 있는 마당에서 문인이야말로 문인의 평가를 제대로 해주어야 한다고 생각한다. 이병주라는 작가를 집중 조명하는 일은 우리 세대가 해야 했는데 후배들이 이 일을 맡아주어 무척 기쁘고, 짐을 내려놓는 기분이다"라고 했다. 이광훈은 "뛰어난 문체에다 역사적 사실을 소설에 대입하는 탁월한 능력. 어쩌면

이병주문학관 앞마당의 작가 흉상과 좌상

한 시대의 다큐멘터리 같기도 하고 더러는 논픽션 같기도 한 이른바 실록소설은 사실상 이병주가 개척했다고 해도 과언이 아니다. 어느 평론가는 이병주를 가리켜 현대의 사마천이 되고 싶었던 작가라고 했지만 이병주야말로 작가는 우선 사관(史官)이 되어야 한다는 생각을 갖고 있었다. 그래서 그의 소설을 뒷받침하고 있는 것은 바로 우리의 역사요 그 역사를 떠받치던 이데올로기였다"라고 했다.

김윤식은 "지리산 기슭 하동에서 태어나, 진주의 중학을 다니며 밤낮으로 지리산 천왕봉을 바라보면서 세계로 향한 야망을 키우던 한 소년이 있었다. 학병 세대가 낳은 대형작가 이병주. 이 땅, 이 나라의 지배층 연령의 정신적 바탕에 관련된 마음의 흐름을 정확히 대변하던 이 거인의 자리를 메울 자 있을 것인가. 그의 빈자리는 그대로 빈자리로 남을 수밖에 없다. 나는 이병주론을 두 번 쓴 적이 있는데, 그의 작품이 반드시 전집으로 묶여 나와야 한다는 생각을 일찍부터 해왔다고 했다. 이병주 문학의 특징적 성격에 있어서 특히 학병세대의 연구에 집중했던 그의 논의는 앞으로의 연구자들이 깊이 새길 만하다.

후대의 소설가 공지영은 "스물 몇 살 시절 나는 세상에 과연 생을 걸고 도전할 만한 것이 있을까 고민하고 있었다. 그때 도서관에서 『지리산』을 읽었다. 그 무렵 나를 매혹 시키고 있던 박경리의 『토지』가 모성적 울림을 주었다면 이병주의 소설들은 아주 남성적이었다. 나는 그가 묘사한 인물들을 따라 섬진강을 휘돌고 지리산을 오르며 인간의 봉우리와 이념의 골짜기를 헤매어 다녔다. 역사의 굵은 그물이 담아내지 못하는 삶의 결들을 담아냄으로써 이병주는 기록과 서사의 부재라는 한국 현대문학사에 빈자리를 메우고 있었다. 그해 이병주를 다 읽고 나서 나는 알게 되었다. 세상에는 생을 걸고 도전할 만한 것이 몇 개 있는데, 문학이 그 하나라는 것을"이라고 했다.

이렇게 걸출한 한국문학의 작가 이병주를 기리는 기념사업회가 발족한 지도 벌써 스무개의 성상이 흘렀다. 2021년은 이병주 탄생 100주년, 2022년은 그 타계 30주년이다. 학병, 좌우 대립, 감옥 체험 등을 거친 그의 생애는 한국 근대사의 아프고 슬픈 여러 사건이 휘몰아친 격동의 현장이었다. 그는 이 고난의 시기를 안으로 삭이고 문필로 승화하여 탁발한 체험적 진실과 역사성을 확립해 놓았다. 그러기에 10주기가 되던 2002년부터 우리 사회의 각계각층, 그리고 많은 문학인이 그의 뜻을 기리고자 한데 모여 기념사업회를 설립, 국제문학제를 개최하고 국제문학상을 시상해 온 것이다.

2008년 4월에는 하동군 북천면 이명산길에 이병주문학관을 개관하였고, 이후 지금까지 해마다 다양한 사업과 행사를 개최해오고 있다. 이병주 선집 발간은 2006년 한길사에서 중·단편집 3권과 장편소설 27권 등 30권을 발간하였고, 2021년 바이북스에서 중·단편집 1권과 장편소설 9권 그리고 에세이집 2권 등 12권을 발간하였다. 한길사의 선집은 주로 역사 소재의 소설을 위주로 하였고, 바이북스의 선집은 주로 대중적 수용력이 높았던 작품을 위주로 하였다. 이를 통해 20세기를 관통하며 한국문학에 큰 족적과 영향력을 남긴 이 대형 작가를 기념하는 한편, 우리 시대의 독자들에게 뜻깊은 소설 읽기의 분위기를 환기하자는 것이었다. 그동안 이병주기념사업회가 발간한 도서 목록은, 이 글의 3부 '연보와 자료'에 따로 기술해 두기로 한다.

이병주

3.
연보와
자료

3-1. 작가 및 작품 연보

이병주 생애 연보

- 1920년

  3월 16일 – 경남 하동군 북천면 옥정리 안남골에서 출생(1992년 4월 3일 타계)

  부친 이세식(李世植), 모친 김수조(金守祚) 호적과 학적부에는 1920년 3월 16일생인 것으로 기재돼 있음

- 1927년

  4월 – 하동군 북천면 북천공립보통학교 입학한 것으로 추정

  이때를 전후해 이세식 일가는 옥정리 남포마을로 분가한 것으로 추정

- 1931년

   3월 - 북천공립보통학교 4년 과정 수료

   4월 1일 - 하동군 양보면 양보공립보통학교 입학(5학년)

- 1933년

   3월 20일 - 양보공립보통학교 6학년 과정 졸업

   이후 3년 동안 독학, 이병주가 진학을 원했던 학교는 진주공립고등

   보통학교였으나 부친 이세식은 진주농업학교 진학을 권유, 부자간

   의 의견 불일치와 가정 형편 등으로 진학이 지연된 것으로 추정

- 1936년

   4월 6일 - 진주공립농업학교(5년제) 입학

- 1940년

   3월 31일 진주공립농업학교에서 퇴학당함. 4년 과정 수료

   미상 - 이후 일본 교토로 건너가 전검(專檢)시험 응시, 합격

   교토3고 등에 입학했다가 퇴학당한 것으로 추정

- 1941년

   4월 - 메이지대학 전문부 문과 문예과 입학

- 1943년

   8월 20일 고성군 이용호(李龍浩)의 장녀 점휘(點輝)와 결혼

   9월 - 메이지대학 전문부 문과 문예과 졸업

   10월 20일 - 조선인 학도지원병제도 실시

   12월 말 - 경성제국대학 동숭동 교사에서 연성(練成) 훈련을 받음

- 1944년

   1월 20일 - 대구 소재의 일본 제20사단 제80연대 입대

   미상-중국 쑤저우에 배치됨

- 1945년

   정월 무렵-파상풍으로 오른손 중지 한 마디를 절단한 것으로 추정

   8월 15일 - 일제 패망

   9월 1일 - 현지 제대, 이후 상해에서 체류

   미상 - 희곡「유맹 - 나라를 잃은 사람들」집필

- 1946년

   3월 3일 혹은 8일 - 부산으로 귀국한 것으로 추정

   귀국 시점이 2월 말일 가능성도 있음

   9월 15일 - 모교인 진주농림중학교 교사로 발령됨

- 1947년

  9월 30일 – 4장남 권기(權基) 출생

- 1948년

  10월 1일 – 진주농과대학(현 경상대) 강사로 발령됨, 진주농림중학
  교 교사직과 겸임

  10월 20일 – 진주농과대학 정식 개교

- 1949년

  10월-개교 1주년 기념연극으로 오스카 와일드의 '살로메' 연출

  11월 21일 – 진주농과대학 조교수 발령을 받음

  12월 20일 – 진주농림중학교 교사직을 사임

- 1950년

  6·25전쟁 발발

  7월 31일 – 진주 함락

  8월 1일 – 아내와 자녀를 데리고 처가가 있는 고성군 고성읍 덕선리
  로 피신

  8월 12일 – 인민군, 덕선리에 출현

  8월 13일 혹은 14일 – 인민군, 고성 점령

8월 20일 - 가족은 남겨둔 채 고성 덕선리에서 출발, 하동의 부모에게 가기로 함

8월 21일 - 정치보위부에 체포됨

미상 - 친구 권달현의 도움으로 정치보위부에서 풀려남, 이후 진주시 집현면에서 20여 일가량 피신

9월 26일(한가위) - 문예선전대 이동연극단을 이끌고 전선으로 출발

9월 28일 - 진주 수복

9월 29일(음 8.18) - 인민군 퇴각으로 이동연극단 해산

9월 30일 - 진주농과대학 조교수직 사임

미상 - 이후 잠시 고향에 머물다 부산으로 감

미상 - 부역 문제로 진주에 들러 자수, 불기소처분을 받음, 다시 부산으로 감

12월 날짜 미상 - 부산에서 미군 CIC(방첩대) 요원에게 체포됨

12월 31일 - 불기소처분으로 풀려남

• 1951년

1월 - 하동으로 돌아와 가업인 양조장 일을 돌보기 시작함

5월 - 승려로 출가하기 위해 해인사로 들어감, 이후 반(半) 승려생활을 하며 독서와 음주로 소일

• 1952년

3월 25일 - '최범술의 국민대학'이 해인사 경내로 교사를 이전함

4월 23일 - '최범술의 국민대학', 교명을 해인대학으로 변경

5월 - 해인대학측의 요청에 의해 강사 생활을 시작한 것으로 추정

7월 13일 - 빨치산이 해인사를 습격함, 빨치산에 끌려갔다가 친구
의 도움으로 하루 만에 탈출에 성공, 이후 진주로 거주지를 이전

8월 20일 - 해인대학, 경남 진주시 강남동으로 이전

• 1953년

1월경 - 5해인대학 분규 발생. 최범술파와 그 반대파로 나눠져 반
목이 일어남. 이병주는 반대파를 지지하며 강의를 계속

• 1954년

4월 25일 - 이용조(李龍祚), 해인대학 학장 직무대리에 취임. 해인
대학 분규가 일단락됨.

5월 20일 - 하동군에서 제3대 민의원 선거에 출마, 3위로 낙선

• 1956년

4월 21일 - 해인대학, 마산시 완월동으로 이전

미상 - 이때를 전후해 이병주도 마산으로 거주지 이전

• 1957년

8월 1일 - 부산일보에 '내일 없는 그날' 연재 시작(종료 1958년 2월 25
일)

• 1958년

1월 - 해인대학 교내신문《해인대학보》주간 교수

11월 5일 - 국제신보 상임논설위원으로 발령됨, 교수직을 미처 정
리하지 못하고 겸임하다가 이 해 말이나 이듬해 교수직을 사임한
것으로 추정됨

• 1959년

3월 - 『내일 없는 그날』 출간

미상 - 『내일 없는 그날』, 동명의 영화로 제작됨

7월 1일 - 국제신보 주필로 발령됨

7월 17일 - 국제신보가 주관한 기념식에서 시민 수십 명이 압사하
는 참사 발생, 사과문과 관련 사설을 여러 차례 실어 위기를 타개

7월 31일 - 부친 이세식 타계

9월 25일 - 편집국장 겸직

11월 - 월간《문학》에 희곡「유맹」(상) 발표

12월 - 월간《문학》에 희곡「유맹」(중) 발표(종료 월호 미상)

• 1960년

1월 21일 – 박정희, 부산군수기지 사령관에 취임

미상 – 부산·경남 지역 기관장회의에서 박정희와 처음으로 술자리를 가짐

4월 중순 – 박정희와 두 번째 술자리를 가짐. 이후 박정희와 몇 차례 더 만남

7월 29일 – 제5대 국회의원 선거에 출마(하동군), 3위로 낙선

12월 15일 – 박정희, 대구 제2군 부사령관에 취임

12월 – 월간《새벽》에 논설「조국의 부재」발표

• 1961년

1월 1일 – 국제신보에 '통일에 민족역량을 총집결하자'라는 연두사 게재

5월 16일 – 쿠데타 발발

5월 20일 – 쿠데타 세력에 의해 체포됨

7월 2일 – 이 날 국제신보 석간부터 '주필 겸 편집국장 이병주'란 이름이 사라짐

11월 29일 – 혁명검찰부, 이병주에게 징역 15년 구형

12월 7일 – 혁명재판부, 이병주에게 징역 10년형 선고

• 1962년

2월 2일 - 이병주의 변호인단이 제출한 상소가 기각됨, 10년형 확정

미상 - 부산교도소로 이감

• 1963년

12월 16일 - 특사로 부산교도소에서 출감

미상 - 상경. 이후 폴리에틸렌 사업을 시작하며 사업가로 활동

• 1965년

2월 1일 - 국제신보 논설위원 취임

6월 -《세대》에 중편 「소설 · 알렉산드리아」 발표

• 1966년

3월 -《신동아》에 단편 「매화나무의 인과」 발표(후에 「천망」으로 개제)

3월 31일 - 김현옥 서울시장 취임. 이때를 전후해 신한건재를 설립한 것으로 추정

8월 15일 - 서울시, 서대문구 남가좌동에 조립식주택 500동 건설 공사에 착수

12월 - 0장비부족 · 정지공사 지연 등의 이유에 따라 조립식주택 건설 공사가 중지됨. 이때를 전후해 신한건재 경영에 실패한 것으로

추정

• 1967년

2월 28일 – 국제신보 논설위원직에서 사퇴

• 1968년

1월 1일 – 국제신보 서울 주재 논설위원

4월 – 월간중앙에 관부연락선 연재 시작(종료 1970년 3월)

7월 2일 – 경남매일신문에 '돌아보지 말라' 연재 시작(종료 1969년 1월 22일)

7월 30일 – 국제신보 서울 주재 논설위원 사퇴

8월 – 《현대문학》에 단편 「마술사」 발표

10월 – 아폴로사 설립. 초기 3부작을 묶어 소설집 『마술사』 출간

• 1973년

서울신문 순회특파원

• 1977년

장편 『낙엽』과 중편 「망명의 늪」으로 한국문학작가상과 한국창작문학상 수상

• 1981년

부산일보 논설위원

• 1982년

12월 – 단편 「삐에로와 국화」가 영화로 제작되어 개봉

• 1984년

장편 『비창』으로 한국펜문학상 수상

• 1985년

영남 문우회 회장.

• 1989년

장편 『바람과 구름과 비』가 KBS 드라마로 방영

• 1990년

《신경남일보》의 명예 주필 겸 뉴욕지사장 발령으로 뉴욕으로 출국

• 1991년

장편 『행복어사전』이 MBC드라마로 방영

건강 악화로 서울대학교 부속병원에 입원, 폐암 선고를 받음

• 1992년

4월 3일 – 지병으로 타계

이병주 작품 연보 및 목록

단편소설(발표 연대순)

• 「소설·알렉산드리아」, 『세대』, 1965년 6월

• 「매화나무의 인과(因果)」, 『신동아』, 1966년 3월

• 「마술사」, 『현대문학』, 1968년 8월

• 「쥘부채」, 『세대』, 1969년 12월

• 「패자의 관(冠)」, 『정경연구』, 1971년 7월

• 「예낭풍물지」, 『세대』, 1972년 5월

• 「목격자」, 『신동아』, 1972년 6월

• 「초록(草綠)」, 『여성동아』, 1972년 7월

• 「변명」, 『문학사상』, 1972년 12월

• 「미스산(山)」, 『선데이서울』, 1973년

• 「겨울밤-어느 황제의 회상」, 『문학사상』, 1974년 10월

• 「칸나 X 타나토스」, 『문학사상』, 1974년 10월

• 「제4막」, 『주간조선』, 1975년

• 「중랑교」, 『소설문예』, 1975년 7월

- 「내 마음은 돌이 아니다」, 『한국문학』, 1975년 10월

- 「여사록」, 『현대문학』, 1976년 1월

- 「철학적 살인」, 『한국문학』, 1976년 5월

- 「만도린이 있는 풍경」, 『한전』(한국전력 사보), 1976년 6월

- 「이사벨라의 행방」, 『뿌리깊은나무』, 1976년 7월

- 「망명의 늪」, 『한국문학』, 1976년 9월

- 「수선화를 닮은 여인」, 『한전』(한국전력 사보), 1976년 12월

- 「유리빛 목장에서 별을 삼키다」, 『동아문화』, 1977년

- 「정학준」, 『한국문학』, 1977년 5월

- 「삐에로와 국화」, 『한국문학』, 1977년 9월

- 「계절은 그때 끝났다」, 『한국문학』, 1978년 5월

- 「추풍사」, 『한국문학』, 1978년 11월

- 「어느 독신녀」, 『화랑(畵廊)』, 1979년 봄

- 「서울은 천국(天國)」, 『한국문학』, 1979년 3월

- 「세우지 않은 비명(碑銘)」, 『한국문학』, 1980년 6월

- 「8월의 사상」, 『한국문학』, 1980년 11월

- 「피려다만 꽃」, 『소설문학』, 1981년 3월

- 「거년(去年)의 곡(曲)」, 『월간조선』, 1981년 11월

- 「허망의 정열」, 『한국문학』, 1981년 11월

- 「빈영출」, 『현대문학』, 1982년 2월

- 「세르게이 홍(洪)」, 『주간조선』, 1982년 6월 27일

- 「그 테러리스트를 위한 만사(輓詞)」, 『한국문학』, 1983년 1월
- 「우아한 집념」, 『문학사상』, 1983년 3월
- 「박사상회」, 『현대문학』, 1983년 9월
- 「백로선생」, 『한국문학』, 1983년 11월
- 「강기완」, 『소설문학』, 1984년 12월
- 「어느 낙일」, 『동서문학』, 1986년 4월
- 「산무덤」, 『한국문학』, 1986년
- 「바둑이」, 「아무도 모르는 가을」 등

중·장편소설 연재(발표연대순)

잡지 연재소설

- 「관부연락선」, 『월간중앙』, 1968년 4월 1970년 3월
- 「망향」, 『새농민』, 1970년 5월 1971년 12월
- 「언제나 그 은하를」, 『주간여성』, 1972년 1월 5일 1972년 2월 27일
- 「지리산」, 『세대』, 1972년 9월 1977년 8월
- 「망각의 화원」, 『현대여성』, 1972년 11월 1973년 2월(4회)
- ※ 잡지 휴간으로 연재중간 추정, 이후 「인과의 화원」으로 개제하여 『법륜』에 재연재
- 「낙엽」, 『한국문학』, 1974년 1월 1975년 12월

- 「산하」, 『신동아』, 1974년 1월~1979년 8월(68회)
- 「행복어사전」, 『문학사상』, 1976년 4월~1982년 9월
- 「소설 조선공산당」, 『북한』, 1976년 6월~1977년 7월 ※미완
- 「인과의 화원」, 『법륜』, 1978년 2월~1979년 10월
- 「꽃의 이름을 물었더니」, 『새시대』, 1979년 9월9일~1979년 10월 28일

※ 잡지 폐간으로 연재중단 추정. 이후 동명소설 출간

- 「황백의 문」, 『신동아』, 1979년 9월~1982년 8월(34회)
- 「황혼의 시」, 『소설문학』, 1981년 8월~1982년 7월
- 「소설 이용구」, 『문학사상』, 1983년 8월~9월
- 「팔만대장경」, 『불교사상』, 1983년 12월~1984년 7월
- 「약과 독」, 『재경춘추』, 1984년 10월~1985년 3월
- 「니르바나의 꽃」, 『문학사상』, 1985년 1월~1987년 2월
- 「소설장자」, 『월간경향』 1986년 11월~1987년 1월

※ 중편임. 장편 단행본과는 내용이 다름

- 「그해 5월」, 『신동아』, 1982년 9월~1988년 8월(69회)
- 「남로당」, 『월간조선』, 1984년 12월~1987년 8월(33회)
- 「명의열전·편작」, 『건강시대』, 1986년 1월~1986년 3월
- 「소설 허균」, 『사담(史談)』, 1986년 4월~1988년 2월

※ 잡지 폐간으로 연재중단 추정. 이후 동명소설 출간

- 「그들의 향연」, 『한국문학』, 1986년 7월~1987년 10월

※연재중단. 이유 불명

• 「어느 인생」, 『동녘』, 1988년 4월~1989년 3월

※잡지 폐간으로 연재중단 추정.

• 「별이 차가운 밤이면」, 『민족과문학』, 1989년 겨울호~1992년 봄호

※타계로 연재 중단

신문 연재소설

• 「내일 없는 그날」, 『부산일보』, 1957년 8월 1일~1958년 2월 25일
(206회)

※동명소설 출간

• 「돌아보지 말라」, 『경남매일신문』, 1968년 7월 2일~1969년 1월
22일(170회)

• 「배신의 강」, 『부산일보』, 1970년 1월 1일~1970년 12월 30일(307회)

※동명소설 출간

• 「허상과 장미」, 『경향신문』, 1970년 5월 1일~1971년 2월 28일(257회)

※동명소설 출간

• 「화원의 사상」, 『국제신문』, 1971년 6월 2일~1971년 12월 30일
(182회)

※『낙엽』, 『달빛 서울』로 개제(改題) 출간

• 「여인의 백야」, 『부산일보』, 1972년 11월 1일~1973년 10월 31일
(309회)

※동명소설 출간, 이후 『꽃이 핀 여인의 그늘에서』로 개제 출간

• 「그림 속의 승자」, 『서울신문』, 1975년 6월 2일~1976년 7월 31일 (358회)

※『서울 버마재비』로 개제 출간

• 「바람과 구름과 비(碑)」, 『조선일보』, 1977년 2월 12일~1980년 12월 31일(1194회)

※동명소설 출간

• 「별과 꽃과의 향연」, 『영남일보』, 1979년 1월 1일~1979년 12월 29일(294회)

『대전일보』, 1979년 1월 16일~1980년 1월 10일(294회)

『제주신문』, 1979년 5월 7일~1980년 4월 18일(294회)

※『풍설』, 『운명의 덫』으로 개제 출간

• 「유성의 부」, 『한국일보』, 1981년 2월 10일~1982년 7월 2일(424회)

※동명소설 출간

• 「미완의 극(劇)」, 『중앙일보, 1981년 3월 2일~1982년 3월 31일(329회)

※동명소설 출간

• 「무지개 연구」, 『동아일보』, 1982년 4월 1일~1983년 7월 30일(410회)

※동명소설 출간, 이후 『무지개 사냥』, 『타인의 숲』으로 개제 출간

• 「〈화(和)〉의 의미」, 『매일신문』, 1983년 1월 1일~1983년 12월 30일 (308회)

※『비창』으로 개제 출간

- 「서울 1984」, 『경향신문』, 1984년 1월 1일~1984년 7월 31일(179회)

※『한국문학』에 「그들의 향연」이란 제목으로 개제되어 연재. 이후 『그들의
향연』 단행본 출간

- 「〈그〉를 버린 여인」, 『매일경제신문』, 1988년 3월 24일~1990년 3
월 31일(622회)

※동명소설 출간

- 「정몽주」, 『서울신문』, 1989년 1월 1일~1989년 3월 31일(74회)

※『포은 정몽주』로 개제·개작 출간

- 「아아! 그들의 청춘」, 『신경남일보』, 1989년 12월 28일~1991년 2월
18일

※『관부연락선』을 제목만 바꿔 다시 연재한 것임

단행본(출판 연대순)

장편소설

- 『내일 없는 그날』, 국제신보사, 1959년 3월
- 『관부연락선』(I·II), 신구문화사, 1972년 4월
- 『망향』, 경미문화사, 1978년 5월
- 『허상과 장미』, 범우사, 1978년 12월
- 『여인의 백야』(상·하), 문음사, 1979년 4월

- 『언제나 그 은하를』, 백제, 1979년 1월

  늑『여인의 백야 : 언제나 그 은하를』
- 『낙엽』, 태창문화사, 1978년 2월

  = 연재소설 '화원의 사상'
- 『배신의 강』(상·하), 범우사, 1979년 12월
- 『역성(歷城)의 풍(風), 화산(華山)의 월(月)』, 신기원사, 1980년 5월

  = '세우지 않은 비명(碑銘)'
- 『인과의 화원』, 형성사, 1980년 2월
- 『코스모스 시첩(詩帖)』, 어문각, 1980년 3월
- 재출간 『관부연락선』(상·하), 기린원, 1980년 3월
- 『행복어사전』(1·2부), 문학사상사, 1980년 5 6월
- 『행복어사전』(3부), 문학사상사, 1980년 8월
- 『서울 버마재비』(상·하), 집현전, 1981년 1월

  =연재소설 '그림속의 승자'
- 『행복어사전』(4부), 문학사상사, 1981년 5월
- 『풍설』(상·하), 문음사, 1981년 6월

  =연재소설 '별과 꽃과의 향연'
- 『행복어사전』(5부), 문학사상사, 1981년 7월
- 『당신의 성좌』, 주우, 1981년 9월
- 『황백의 문』(1부), 동아일보사, 1981년 9월
- 『허드슨강이 말하는 강변이야기』, 국문, 1982년 1월

- 완간 『행복어사전』(6부), 문학사상사, 1982년 9월
- 미완 『무지개 연구』(1부), 두레, 1982년 12월
- 『미완의 극』(상·하), 소설문학사, 1982년 12월
- 『황백의 문』(2부), 동아일보사, 1983년 8월
- 『비창』, 문예출판사, 1984년 2월
- 『당신의 뜻대로 하옵소서』, 대학문화사 1983년 4월
- 『바람과 구름과 비(碑)』(1-9), 한국교육출판공사, 1984년 9월
- 『그해 5월』(1권), 기린원, 1984년 10월
- 『그해 5월』(2권), 기린원, 1984년 11월
- 『황혼』, 기린원, 1984년 12월
- 『꽃의 이름을 물었더니』, 심지, 1985년 2월
- 미완 『그해 5월』(3권), 기린원, 1985년 3월
- 『지리산』,(1·2·3·4권), 기린원, 1985년 3 4월
- 재출간 『여로의 끝』, 창작예술사, 1985년 5월
  =『망향』
- 완간 『지리산』(5·6권), 기린원, 1985년 5·6월
- 완간 『무지개 사냥』(1·2부), 문지사, 1985년 6월
  늑『무지개 연구』
- 재출간 『강물이 내 가슴을 쳐도』, 심지, 1985년 7월
  =『허드슨강이 말하는 강변이야기』
- 완간 『지리산』(7권), 기린원, 1985년 9월

- 『지오콘다의 미소』, 신기원사, 1985년 12월
- 『산하』(1-4), 동아일보사, 1985년 6월
- 『낙엽』, 동문선, 1986년 2월
- 신판 『행복어사전』(1부), 문학사상사, 1986년 4월
- 신판 완간 『행복어사전』(2·3부), 문학사상사, 1986년 5월
- 『저 은하에 내 별이』, 동문선, 1987년 1월
  =『언제나 그 은하를』
- 『소설 일본제국』(1), 문학생활사, 1987년 3월
- 『소설 일본제국』(2), 문학생활사, 1987년 4월
- 『소설 장자』, 문학사상사, 1987년 6월
- 『니르바나의 꽃』(1·2), 행림출판, 1987년 9월
- 『남로당』(상·중·하), 청계, 1987년 10월
- 『그들의 향연』, 기린원, 1988년 2월
- 재출간 『황금의 탑』(1·2·3), 기린원, 1988년 3월
  =『황백의 문』
- 『유성의 부』(1·2권), 서당, 1988년 6월
- 『유성의 부』(3권), 서당, 1988년 9월
- 『장군의 시대-그해 5월』(1-5), 기린원, 1989년 1월
  늑『그해 5월』
- 재출간 『내일 없는 그날』, 문이당, 1989년 3월
- 완간 『유성의 부』(4권), 서당, 1989년 4월

- 『허균』, 서당, 1989년 7월
- 재출간 『산하』, 늘푸른, 1989년 10월
- 『포은 정몽주』, 서당, 1989년 12월
- 재출간 『그대를 위한 종소리』(상·하), 서당, 1990년 11월
  ≒『허상과 장미』
- 『「그」를 버린 여인』(상·중·하), 서당, 1990년 4월
- 재출간 『꽃이 핀 여인의 그늘에서』(상·하), 서당, 1990년 10월
  ≒『여인의 백야』
- 재출간 『배신의 강』(상·하), 서당, 1991년 4월
- 재출간 『달빛 서울』, 민족과문학사, 1991년 6월
  ≒ 연재소설 '화원의 사상'=『낙엽』
- 재출간 『운명의 덫』(상·하), 문예출판사, 1992년 7월
  =연재소설 '별과 꽃과의 향연'=『풍설』
- 재출간 미완·전10권 『바람과 구름과 비』, 기린원, 1992년 7월
※ '바람과 구름과 비' 판본의 절대 다수는 9권까지임. 10권까지 나온 것은 기
  린원판과 이후 재출간된 들녘사판이 있음
- 『타인의 숲』(1·2), 지성과사상, 1993년
  ≒『무지개 연구』=『무지개 사냥』
- 『정도전』, 큰산, 1993년 9월
- 재출간 미완·전 10권 『바람과 구름과 비(碑)』(1-10), 들녘, 2003년
  6월

- 재출간『장자에게 길을 묻다』, 동아일보사, 2009년 8월

  =『소설장자』

- 『별이 차가운 밤이면』(김윤식·김종회 엮음), 문학의 숲, 2009년

- 재출간『정도전』, 나남, 2014년 3월

- 재출간『정몽주』, 나남, 2014년 4월

- 재출간『허균』, 나남, 2014년 9월

- 『돌아보지 말라』, 나남, 2014년 10월

- 재출간『남로당』(상·중·하), 기파랑, 2015년 4월

- 『천명-영웅 홍계남을 위하여』(1·2), 나남, 2016년 5월

  =『유성의 부』

소설집(중·단편)

- 『마술사』, 아폴로사, 1968년 10월

- 『예냥풍물지』, 세대문고, 1974년 10월

- 『망명의 늪』, 서음출판사, 1976년 10월

- 『철학적 살인』, 서음출판사, 1976년 12월

- 『삐에로와 국화』, 일신서적공사, 1977년 11월

- 『서울은 천국』, 태창문화사, 1980년 4월

- 『허망의 정열』, 문예출판사, 1982년 10월

- 『그 테러리스트를 위한 만사(輓詞)』, 홍성사, 1983년 11월

- 『박사상회』, 이조출판사, 1987년 7월

- 『알렉산드리아』, 책세상, 1988년 8월
- 『내 마음은 돌이 아니다』, 서당, 1992년 3월
- 『세우지 않은 비명(碑銘)』, 서당, 1992년 9월
- 『이병주 작품집』(김종회 엮음), 지식을만드는지식, 2010년

에세이·논설(잡지·사보)

- '비봉산정의 정자나무가 말하여 줄 진주의 영화와 수난', 『신천지』, 1954년 5월
- '나의 생활백서', 『신생활』, 1960년 2월(창간호)
- '조국의 부재', 『새벽』, 1960년 12월
- '기자근성망국론시비', 『제지계』, 1966년 2월
- '칼럼 칼럼리스트', 『세대』, 1968년 4월
- '나의 영원한 여인, 알렉산드리아의 사라 안젤', 『주간조선』, 1968년 11월 10일
- '한글전용에 관한 관견(管見)', 『창작과비평』, 1968년 겨울
- ' 70년대를 맞는 우리의 자세', 『지방행정』, 1969년 9월
- '라이벌로서의 친구', 『샘터』, 1970년 6월
- '유모어론 서설(序說)', 『신동아』, 1970년 7월
- ' 선택의 자유를 위한 추구', 『서울여대』, 1970년 12월

- '한국여성의 유행감각', 『세대』, 1971년 10월
- '학처럼 살다간 김수영에게', 『세대』, 1971년 12월
- '이민은 조국의 확대다', 『여성동아』, 1972년 1월
- '유모어론', 『공군』, 1973년 3월
- '문화에 5개년 계획은 가능한가', 『월간중앙』, 1973년 12월
- '자연과 인정으로 향수 느껴', 『영우구락부』(영우구락부 회지), 1974년 2월
- '정의의 여우(女優) : 베르나르', 『주부생활』, 1974년 6월
- '한·일 양국의 젊은 세대에게', 『북한』1,9 74년 8월
- '석달 만에 엮어낸 편지', 『잊을 수 없는 연인-러브스토리』(여성동아 별책부록), 1974년 10월
- '어중재비 기론(棋論)', 『바둑』, 1975년 7월
- '관제반공문학의 청산', 『신동아』, 1975년 8월
- '숙명을 거역하지 못한 일본의 이카로스', 『독서생활』, 1976년 6월
- '곡선의 교양', 『샘터』, 1976년 6월
- '세대차에 나타난 직업의식', 『기업경영』, 1976년 8월
- '연애론을 쓸 자격이 없다', 『여학생』, 1976년 9월
- '후광(後光)을 띤 우장춘 박사:잊을 수 없는 사람', 『현대인』, 1976년 11월
- '영·독·불어만은 기어이', 『동서문화』, 1977년 3월
- '그리운 마음과 웃는 얼굴', 『새농민』,1 977년 4월

- '여자는 신비, 성모(聖母) 같으며 ⊠창부(娼婦) 같은 눈짓', 『현대여성』, 1977년 4월
- '판자집과 호화주택', 『건설』, 1977년 11~12월
- '레니에의 「샴펜과 위스키」', 『문예진흥』, 1978년 1월
- '주택행정과 K시장', 『건설』, 1978년 1월
- '편리주의의 극복', 『건설』, 1978년 2월
- '소녀의 세계', 『동서문화』, 1978년 2월
- '못다한 사랑의 낙서', 『나나』, 1978월 2월
- '문학과 철학의 영원한 주제', 『샘터』, 1978년 3월
- '낮과 밤을 바꾸어 산다', 『샘터』, 1978년 11월
- '정치열풍의 현장에서', 『신동아』, 1979년 7월
- '나의 비열이 사람을 죽였다', 『샘터』, 1979년 8월
- '한스 카롯사의 「루마니아 일기」', 『간호』, 1979년 10월
- '정말 쓰고 싶은 것을…', 『월간독서』, 1980년 2월
- '진주농림학교 시절에', 『중학시대』, 1980년 12월
- '습작시절', 『소설문학』, 1981년 1월
- '직업의식 이상의 양심', 『의학동인』, 1981년 5월
- '좋은 직업근성이 밝은 사회를 만든다', 『정화』, 1981년 6월
- '에로스로서의 性, 그 불변하는 영원', 『월간조선』, 1981년 10월
- '나의 문학 나의 불교', 『불광(佛光)』, 1981년 12월
- '소설 · 알렉산드리아의 사라 안젤에게', 『소설문학』, 1982년 1월

- '문학의 이념과 방향', 『불광(佛光)』, 1983년 2월
- '용인 포곡에 전개된 위대한 포부의 현장', 『삼성물산』, 1983년 4월
- '내 정신의 승리, 알렉산드리아', 『소설문학』, 1983년 9월
- '나의 인생은 로맨스', 『멋』, 1983년 10월
- '진주, 어제와 오늘', 『도시문제』, 1983년 11월
- '여러분 스스로가 행운이 되라', 『개척자』(21집), 1984년
- '당신은 친구가 있는가─권달현', 『샘터』, 1984년 4월
- '동의보감의 의성(醫聖) 허준', 『기업경영』, 1984년 5월
- '섬세한 무늬속에 불타는 애정', 『편지』, 1984년 5월
- '작가가 본 한국기업과 경영자상', 『경영계』, 1984년 7월
- '실록 상해임시정부', 『월간조선』, 1984년 8월
- '5 여유론', 『사보조공』, 1984년 9월
- '가을의 정회', 『대한생명』, 1984년 10월
- '내가 본 박생광', 『미술세계』, 1984년 10월
- '소설창작법', 『문예진흥』, 1984년 10월(격월간)
- '술과 인생', 『안녕하십니까』(한일약품공업 사보), 1984년 10월, 11월
- '청기탁기(淸棋濁棋)', 『바둑』, 1984년 11월
- '파리현지취재 : 소설구성 김형욱 최후의 날', 『신동아』, 1985년 2월
- '역사상의 경제인과 오늘의 경제인상', 『경영계』, 1985년 4월
- '5·16혁명『공약(空約)』', 『월간조선』, 1985년 5월
- '독서하는 방법', 『출판문화』, 1985년 5월

- '다함께 해야 할 일', 『가정과 에너지』, 1986년 1월
- '최은희의 탈출에 붙여', 『정경문화』, 1986년 4월
- '지리산 남에 펼쳐진 섬진강 포구', 『한국인』 1, 987년 10월
- '문학이란 사랑을 찾는 노력', 『동서문학』, 1 988년 1월
- '회상을 곁들여', 『보건세계』, 1988년 10월
- '로프신의 「창백한 말」', 『팬팔저널』, 1988년 10월
- '지리산 단장(斷章)', 『문학과비평』, 1988년 겨울

에세이집 · 기행문집

- 『백지의 유혹』, 남강출판사, 1973년 6월
- 『사랑을 위한 독백』, 회현사, 1975년 3월
- *『성, 그 빛과 그늘』(상·하), 물결사, 1977년
- 『사랑받는 이브의 초상』, 문학예술사, 1978년 6월
- 『1979년』, 세운문화사, 1978년 12월
- 『미(美)와 진실의 그림자』, 대광출판사, 1978년 10월
- 『허망과 진실-나의 문학적 편력』(상·하), 기린원, 1979년 8 ·9월
- 『바람소리 발소리 목소리』, 한진출판사, 1979년 11월
- 『아담과 이브의 합창』, 지문사, 1980년 12월
- 『나 모두 용서하리라』, 집현전, 1982년 1월
  = 『용서합시다』
- 『현대를 살기 위한 사색』, 정음사, 1 982년 12월

- 『공산주의의 허상과 실상』, 신기원사. 1982년 12월
- 『이병주 고백록–자아와 세계의 만남』, 기린원, 1983년 8월
  늑허망과 진실–나의 문학적 편력』(상·하)
- 『길따라 발따라』(1), 행림출판, 1984년 5월
- 『생각을 가다듬고』, 정암, 1985년 4월
- 『청사에 얽힌 홍사』, 원음사, 1985년 7월
- 『악녀를 위하여』, 창작예술사, 1985년 12월
- 『여체미학·샘』, 청한문화사, 1985년 12월
- 재출간 『백지의 유혹』, 연려실, 1985년 12월
- 『길따라 발따라』(2), 행림출판, 1986년 3월
- 재출간 『불러보고 싶은 노래』, 정암, 1986년 7월
  =『생각을 가다듬고』
- 『사상의 빛과 그늘』, 신기원사, 1986년 11월
- 재출간 『에로스문화사 남과여』(상·하), 원음사, 1987년 9월
  =『성, 그 빛과 그늘』(상·하)
- 편저 『허와 실의 인간학』(경세·용인·지략 편), 중앙문화사, 1987년
  11월
- 『젊음은 항상 가꾸는 것』, 해문출판사, 1989년 5월(중판)
- 『산을 생각한다』, 서당, 1988년 6월
- 재출간 『미(美)와 진실의 그림자』, 명문당, 1988년 11월
- 『잃어버린 시간을 위한 문학적 기행』, 서당, 1988년 12월

- 재출간 『행복한 이브의 초상』, 원음사, 1988년
  = 『사랑받는 이브의 초상』
- 『에로스 이야기』, 원음사, 1989년 4월
  ≒ 『에로스문화사 남과여』(상·하)
- 『대통령들의 초상』, 서당, 1991년 9월
- 재출간, 편저 『허와 실의 인간학』(경세·용인·지략 편), 중앙미디어,
  1992년 7월
- 재출간 『이병주의 에로스문화탐사』(1·2), 생각의나무, 2002년 1월
  ≒ 『에로스 이야기』 = 『에로스문화사 남과여』(상·하)
- 재출간 『이병주의 동서양 고전탐사』(1·2), 생각의나무, 2002년 3월
  = 『허망과 진실』(상·하) ≒ 이병주 고백록

공저 에세이

- 이병주 외, 『중립의 이론』, 국제신보사, 1961년
- 이병주 외, 『그 다음은 말할 수가 없습니다』, 동화출판공사, 1977년
- 이병주 외, 『젊은이여 인생을 이야기하자』(1-3권), 동화출판공사,
  1977년
- 이병주 외, 『초대석의 우상들』, 맥, 1979년
- 이병주 외, 『말하라 사랑이 어떻게 왔는가를』, 『여원』 1980년 신년
  호 별책부록
- 이병주 외, 『독서와 지적 생활』, 시사영어사, 1981년

- 이병주 외, 『뜻을 세워 살자』, 시몬, 1984년
- 이병주 외, 『길을 묻는 여성을 위한 인생론』, 1989년
- 이병주 외, 『홀로와 더불어』, 여원출판국, 1990년

번역물

- 『불모지대』(1-5권), 신원, 1984년 11월
- 『신역 삼국지』(1-5권), 금호서관, 1985년 12월
- 『금병매』(상·하), 명문당, 1991년 12월

대담·좌담

- 이병주·남재희, 「「회색군상」의 논리 : 「지리산」작가와 독자가 이야기하는 생략된 역사', 『세대』, 1974년 5월
- 이병주·이어령, '탈허무주의에의 충동', 『정경문화』, 1977년 12월
- 이병주 외, '전환기에 선 신문연재 소설', 『신문과방송』, 1979년 2월
- 이병주·바리온, '서울과 파리의 거리', 『문학사상』, 1980년 10월
- 이병주·권유·이두영, '소설을 무엇인가', 『소설문학』, 1980년 10월
- 이병주 외, '새 정치에 바라는 것', 『신동아』1,9 81년 3월
- 이병주·황산성, '꿈 지닌 여성이 많아야 행복한 사회가 됩니다', 『레이디경향』, 1982년 1월

- 이병주·이어령, '한국·한국인, 일본·일본인', 『월간조선』, 1982년 8월
- 이병주·김수근, '한국의 참모습을 보여줘야 한다', 『동서문화』1, 982년 10월
- 이병주·임현기, '공산주의를 보는 눈 달라져야 한다', 『통일한국』, 1983년 11월
- 이병주 외, '사랑을 말한다―사춘기 그리고 사랑', 『학생중앙』, 1984년 3월
- 이병주·진순신, '아시아의 번영으로 가는 길', 『신동아』, 1985년 1월
- 이병주·에토 신키치(衛藤潘吉), '무엇이 한일우호를 가로막는가', 『신동아』, 1985년 3월
- 이병주 외, '우리시대의 통일관', 『광장』, 1987년 11월

이병주 전집 전30권

- 『관부연락선』(1·2), 한길사, 2006년
- 『지리산』(1-7), 한길사, 2006년
- 『산하』(1-7), 한길사, 2006년
- 『그해 5월』(1-6), 한길사, 2006년
- 『행복어사전』(1-5), 한길사, 2006년

- 『소설·알렉산드리아』, 한길사, 2006년
- 『마술사』, 한길사, 2006년
- 『그 테러리스트를 위한 만사』, 한길사, 2006년

재출간 소설 및 에세이(김윤식·김종회 엮음)

- 『소설·알렉산드리아』, 『쥘부채』, 『박사상회/빈영출』, 바이북스, 2009년
- 『문학을 위한 변명』, 『변명』, 바이북스, 2010년
- 『마술사/겨울밤』, 『그 테러리스트를 위한 만사』, 바이북스, 2011년
- 『잃어버린 시간을 위한 문학 기행』, 『패자의 관』, 바이북스, 2012년
- 『예낭풍물지』, 『스페인 내전의 비극』, 바이북스, 2013년
- 『여사록』, 『이병주 역사 기행』, 바이북스, 2014년
- 『망명의 늪』, 『긴 밤을 어떻게 세울까』, 바이북스, 2015년
- 『세우지 않은 비명』, 바이북스, 2016년

이병주 문학 해외 번역판

중역

• 李炳注 著, 李華·崔明杰 翻, 『小說·亞歷山大』, 바이북스, 2011년

영역

• 이병주 저, 윤채은·William Morley 역, 『Alexandria』, 바이북스, 2012년

• 이병주 저, 서지문 역, 『The Wind and Landscape of Yenang』, 바이북스, 2013년(재출간 : 초판 1972년)

일역

• 이병주 저, 마츠라 노부히로 역, 『지리산』(상·하), 동방출판, 2015년 8월

  (李炳注 著, 松田暢裕 譯, 『智異山』(上·下), 東方出版, 2015)

• 이병주 저, 하시모토 치호 역, 『관부연락선』(상·하), 등원서점, 2017년 1월

  (李炳注 著, 橋本智保 譯, 『關釜連絡船』(上·下), 藤原書店, 2017)

3-2. 이병주 문학 연구서지

- 강경선, 「이병주의 『관부연락선』 연구」, 경성대학교 교육대학원 석사학위논문, 2005.
- 강심호, 「이병주 소설 연구: 학병세대의 내면의식을 중심으로」, 『관악어문연구』 27, 서울대학교 국어국문학과, 2002.
- 강은모, 「이병주 『산하』에 나타난 풍자성」, 『2017 이병주 문학 학술세미나 발표논문집』, 2017.
- 강은모, 「이병주 대하소설의 대중성 연구」, 경희대학교 박사학위논문, 2017.
- 강은모, 「이병주 장편소설 『풍설(風雪)』의 대중문학적 의미」, 『2018 이병주 문학 학술세미나 발표논문집』, 2018.
- 강진호, 「반공의 규율과 자기검열의 서사 – 이병주의 「소설·알렉산드리아」와 『그해 5월』의 경우」, 『현대소설연구』 82, 한국현대소설학회, 2021.

• 강희근, 「「소설·알렉산드리아」에 흐르는 시심과 시정」, 『2010 이병
주문학 세미나 및 강연회 발표논문집』, 이병주기념사업회, 2010.

• 고명철, 「구미중심주의와 '너머'를 위한 '넘어'의 문학적 정치성」,
『2012 이병주문학 학술세미나 발표논문집』, 2012.

• 고인환, 「'기록이자 문학' 혹은 '문학이자 기록'에 이르는 길」,
『2014 1차 이병주문학 학술세미나 발표논문집』, 2014.

• 고인환, 「이병주 중 단편 소설에 나타난 서사적 자의식 연구」, 『국제
어문』 48, 국제어문학회, 2010.

• 고인환, 「이병주 중단편 소설에 나타난 현실 인식 변모 양상」, 『국
제어문학회 학술대회발표 논문집』, 국제어문학회, 2009.

• 곽상인, 「이병주의 『관부연락선』에 나타난 인물의 내면의식 고찰:
유태림을 중심으로」, 영남대 인문과학연구소, 『人文硏究』 제60집,
2010.

• 구모룡, 「소설과 공간주 사유」, 『2014 1차 이병주문학 학술세미나
발표논문집』, 2014.

• 권선영, 「이병주 『관부연락선』에 나타난 일본」, 『2016 이병주문학
학술세미나 발표논문집』, 2016.

• 권지예, 「역사소설과 현재성」, 『2010 이병주문학세미나 및 강연회
발표논문집』, 이병주기념사 업회, 2010.

• 권혁률, 「독서의 체험과 지적 상상력-루쉰(魯迅)과 이병주(李炳注)
의 경우」, 『2018 이병주 국제문학심포지엄 발표논문집』, 2018.

- 김건우, 「운명과 원한 – 조선인 학병의 세대의식과 국가」, 『서강인 문논총』 제 52집, 서강대학교 인문학연구소, 2018.

- 김경민, 「이병주 소설의 법의식 연구」, 『현대문학이론연구』 제58집, 2014.

- 김경수, 「이병주 소설의 문학법리학적 연구」, 『한국현대문학연구』 제 43집, 한국현대문학회, 2014.

- 김기용, 「이병주 중 단편 소설 연구」, 원광대학교 석사학위논문, 2010.

- 김명주, 「역사와 문학 사이」, 『2010 이병주문학세미나 및 강연회 발표논문집』, 이병주기념사업회, 2010.

- 김병로, 「다성적 서사담론에 나타나는 현실인식의 확장성 연구: 이 병주의 '소설·알렉산드리아'를 중심으로」, 『한국언어문학』 36, 한 국언어문학회, 1996.

- 김복순, 「'지식인 빨치산' 계보와 '지리산'」, 『인문과학연구논집』 22, 명지대학교부설 인문과학연구소, 2002.12.

- 김성연, 「작가의 얼굴과 사회 변혁의 힘 –『'그'를 버린 여인』 분석 을 통해 본 한국 현대사 속의 안네의 초상」, 『상허학보』 57, 상허학 회, 2019.

- 김성환, 「식민지를 가로지르는 1960년대 글쓰기의 한 양식」, 『한국 현대문학연구』 46, 현대문학회, 2015.

- 김언종, 「전통문화의 시각에서 본 이병주의 역사소설」(강연), 『2020

이병주 국제문학심포지엄 발표논문집』, 2020.

- 김외곤, 「격동기 지식인의 초상: 이병주의 '관부연락선'」, 『소설과 사상』, 1995년 가을호.
- 김외곤, 「이병주 문학과 학병 세대의 의식구조」, 경남부산지역문학 회 『지역문학연구』 제12집, 2005.
- 김윤식, 「『지리산』의 사상」, 『한국문학의 근대성과 이데올로기 비 판』, 서울대출판부, 1987(*문학사와 비평연구회 편, 『1950년대 문학연구』, 예하, 1991에 재수록).
- 김윤식, 「작가 이병주의 작품세계: 자유주의 지식인의 사상적 흐름 을 대변한 거인 이병주를 애도하며」, 『문학사상』, 1992년 5월호(* 『나림 이병주 선생 10주기 기념 추모선집』, 나림이병주선생기념사업회, 2002 에 재수록).
- 김윤식, 「학병세대의 글쓰기 – 이병주의 경우」, 『나림 이병주선생 13주기 추모식 및 문학강연회 발표논문집』, 나림이병주선생기념사 업회, 2005.
- 김윤식, 「학병세대의 글쓰기의 유형과 범주: 이병주의 놓인 자리」, 『한국문학』, 2006년 가을호.
- 김윤식, 「이병주의 처녀작 '내일 없는 그날'과 데뷔작 '소설·알렉산 드리아' 사이의 거리재기」, 『한국문학』, 2007년 봄호.
- 김윤식, 『일제말기 한국인 학병세대의 체험적 글쓰기론』, 서울대학 교출판부, 2007.

- 김윤식, 「능소화, 또는 산천의 미학 : 박경리의 『토지』와 이병주의 『지리산』」, 『한국문학평론』 34, 한국문학평론가협회, 2008.

- 김윤식, 「노예의 사상과 방편으로서의 소설-「소설 · 알렉산드리아」에 부쳐」, 『소설 · 알렉산드리아』, 바이북스, 2009.

- 김윤식, 「노비 출신 학병 박달세의 청춘과 야망:1940년대 상하이」, 『한국문학평론』 35, 한국문학평론가협회, 2009(*김윤식 · 김종회 엮음, 『별이 차가운 밤이면』, 문학의숲, 2009에 재수록).

- 김윤식, 「이병주가 공부한 메이지 대학에 가다」, 『2010 이병주문학 세미나 및 강연회 발표논문집』, 이병주기념사업회, 2010.

- 김윤식, 『이병주와 지리산』, 국학자료원, 2010.

- 김윤식, 「학병 세대의 문학사 공백 메우기」, 김윤식 · 김종회 편, 『마술사, 겨울밤』, 2011.

- 김윤식, 「학병세대와 글쓰기의 기원-박경리, 김동리, 황순원, 선우휘, 강신재의 경우」, 『2011 하동이병주국제문학제 발표논문집』, 이병주기념사업회, 2011.

- 김윤식, 「문학사적 공백에 대한 학병세대의 항변 : 이병주와 선우휘의 경우」, 『한국문학』, 2011년 봄호.

- 김윤식, 「사상에 짓눌린 문학의 어떤 풍경」, 『2012 이병주문학 학술세미나 발표논문집』, 2012.

- 김윤식, 『한일 학병세대의 빛과 어둠』, 소명출판, 2012.

- 김윤식, 『6 · 25의 소설과 소설의 6 · 25』, 푸른사상, 2013.

· 김윤식, 「학병세대의 원심력과 구심력」, 『2013 이병주문학 학술세미나 발표논문집』, 2013.

· 김윤식, 「황용주의 학병세대」, 『2014 1차 이병주문학 학술세미나 발표논문집』, 2014.

· 김윤식, 「이병주의 역사소설」, 『2014 2차 이병주문학 학술세미나 발표논문집』, 2014.

· 김윤식, 「이태의 『남부군』과 이병주의 『지리산』」, 『2015 이병주문학 학술세미나 발표논문집』, 2015.

· 김윤식, 『이병주 연구』, 국학자료원, 2015.

· 김윤식, 「이병주 소설 『행복어사전』 시론」, 『2016 이병주문학 학술세미나 발표논문집』, 2016.

· 김윤식, 「운명에 관한 한 개의 테마 – 이병주의 장편 『비창』을 중심으로」(강연), 『2017 이병주문학 학술세미나 발표논문집』, 2017.

· 김윤식, 「엇갈린 세계와 운명의 서사 – 「소설 알렉산드리아」에서 『비창』에 이르는 '운명'의 여정」, 『2017 이병주 국제문학심포지엄 발표논문집』, 2017.

· 김윤식, 「이병주의 『바람과 구름과 비』가 놓인 자리」(강연), 『2018 이병주문학 학술세미나 발표논문집』, 2018.

· 김윤식, 「이병주의 『지리산』 또는 체험과 허구의 상관성」, 『2018 이병주 국제문학심포지엄 발표논문집』, 2018.

· 김윤식 김종회 엮음, 『문학과 역사의 경계에 서다–낭만적 휴머니스

트, 이병주의 삶과 문학』, 바이북스, 2010.

- 김윤식·김종회 외, 『이병주 문학의 역사와 사회 인식』, 바이북스, 2017.

- 김윤식·임헌영·김종회 책임편집, 『역사의 그늘, 문학의 길』, 한길사, 2008.

- 김인환, 「천재들의 합창」, 『그 테러리스트를 위한 만사』, 한길사, 2006.

- 김종회, 「근대사의 격랑을 읽는 문학의 시각」, 『위기의 시대와 문학』, 세계사, 1996.

- 김종회, 「이병주의 문학과 역사의식」, 『문학사상』, 2002년 5월호.

- 김종회, 「한 운명론자의 두 얼굴 – 이병주의 소설 '소설·알렉산드리아'에 대하여」, 『나림 이병주선생 12주기 추모식 및 문학강연회 발표논문집』, 나림이병주선생기념사업회, 2004.

- 김종회, 「문화산업 시대의 이병주 문학」, 『나림 이병주선생13 주기 추모식 및 문학강연회 발표논문집』, 나림이병주선생기념사업회, 2005.

- 김종회, 「이야기성의 회복과 이병주 문학의 재발견」, 『문학사상』, 2006년 4월호.

- 김종회, 「이병주의 「소설·알렉산드리아」 고찰」, 『비교한국학』 16, 비교한국학회, 2008.

- 김종회, 「지역문화 창달과 이병주 문학」, 한국문학평론가협회, 『한

국문학평론』 34, 2008.

• 김종회, 「운명의 마루에 핀 사랑의 원념 -「쥘부채」의 사상」, 김윤식 · 김종회 편, 『쥘부채』, 바이북스, 2009.

• 김종회, 「세속적 몰락의 두 경우와 해학-박사상회와 빈영출의 저잣거리」, 김윤식 · 김종회 편, 『박사상회, 빈영출』, 바이북스, 2009.

• 김종회, 「하동 이병주 기념사업의 문화산업적 고찰」, 『경남권문화』 20, 진주교육대학교 경남권문화연구소, 2010.

• 김종회, 「이병주 문학의 역사의식 고찰 : 장편소설 『관부연락선』을 중심으로」, 『한국문학논집』 57, 한국문학회, 2011.

• 김종회, 「영웅시대 후일담의 돌올한 존재 양식」, 김윤식 · 김종회 편, 『그 테러리스트를 위한 만사』, 바이북스, 2011.

• 김종회, 「이병주 소설과 문학의 대중성」, 『2015 이병주문학 학술세미나 발표논문집』, 2015.

• 김종회, 「이병주 소설의 공간 환경」, 『2016 이병주문학 학술세미나 발표논문집』, 2016.

• 김종회, 「문학 번역과 문학의 세계화」, 『2017 이병주 국제문학심포지엄 발표논문집』, 2017.

• 김종회, 「대중문학의 수용성과 이병주 소설」, 『2018 이병주문학 학술세미나 발표논문집』, 2018.

• 김종회, 「이병주 문학의 역사와 사회 인식」, 『2018 이병주 국제문학심포지엄 발표논문집』, 2018.

• 김종회, 「우리 문학의 대중성, 그 빛과 그늘」, 『2019 이병주문학 학술세미나 발표논문집』, 2019.

• 김종회, 「문학의 매혹, 또는 소설적 인간학 – 작가 이병주를 위한 대화」, 『2019 이병주 국제문학심포지엄 발표논문집』, 2019.

• 김종회, 「지리산 문화권의 문학과 교류 확대 – 이병주·박경리·조정래 작품을 중심으로」(강연), 『2020 이병주문학 학술세미나 발표논문집』, 2020.

• 김종회, 「반성과 성찰, 이병주 문학의 역사의식」(강연), 『2020 이병주 국제문학심포지엄 발표 논문집』, 2020.

• 김주연, 「역사와 문학 – 이병주의 '변명'이 뜻하는 것」, 『문학과지성』, 1973년 봄호.

• 노현주, 「이병주 소설의 대중성과 서사전략 연구: 『행복어사전』을 중심으로」, 『국제한인문학 연구』, 제8집, 2011.

• 노현주, 「이병주 소설의 정치의식과 대중성 연구」, 경희대학교 박사학위논문, 2012.

• 노현주, 「이병주 문학의 정치의식」, 『2012 이병주문학 학술세미나 발표논문집』, 2012.

• 노현주, 「이병주 소설의 엑조티즘과 대중의 욕망」, 『한국문학이론과비평』 55, 한국문학이론과 비평학회, 2012.

• 노현주, 「정치 부재의 시대와 정치적 개인」, 『현대문학이론연구』 49, 현대문학이론학회, 2012.

- 노현주, 「정치의식의 소설화와 뉴저널리즘」, 『우리어문연구』 42, 우리어문학회, 2012.
- 노현주, 「Force/Justice로서의 법, '법 앞에서' 분열하는 서사」, 『한국현대문학연구』 43, 한국현대문학회, 2014.
- 노현주, 「남성중심서사의 정치적 무의식」, 『국제한인문학연구』 14, 국제한인문학회, 2014.
- 노현주, 「이병주 소설의 대중성에 관한 고찰」, 『2017 이병주문학 학술세미나 발표논문집』, 2017.
- 노현주, 「5 · 16을 대하는 정치적 서사의 두 가지 경우 – 「소설 · 알렉산드리아」와 「구운몽」」, 『문화와 융합』 39(2), 한국문화융합학회, 2017.
- 류동규, 「65년 체제 성립기의 학병 서사」, 『어문학』 130, 한국어문학회, 2015.
- 문경화, 「이병주의 『지리산』 연구」, 서강대학교 석사학위논문, 2010.
- 미국 시카고 예지문학회, 『미국 · 한국에서 함께 이병주를 읽는다』, 국학자료원, 2016.
- 민병욱, 「이병주의 희곡 텍스트 「流氓」 연구」, 『한국문학논총』 70, 한국문학회, 2015.
- 박덕규, 「이병주 문학의 문화산업적 활용 방안」, 『한국문학평론』 34, 한국문학평론가협회, 2008.

- 박명숙, 「이병주의 독서와 스토리텔링의 상상력」, 『2020 이병주문학 학술세미나 발표논문집』, 2020.

- 박민철 취재, 「한국문단의 거목, 나림 이병주」, 『시사문단』, 2005.5.

- 박병탁, 「이병주 역사소설의 유형과 의미 연구」, 경희대학교 석사학위논문, 2014.

- 박수현, 「'우리'를 상상하는 몇 가지 방식: 1970년대 소설과 집단주의」, 『우리문학연구』 제42집, 2014.

- 박숙자, 「'빨치산'은 어떻게 '빨갱이'가 되었나: 1970-80년대 고통의 재현불가능성 - 이병주의 『지리산』을 중심으로」, 『대중서사연구』 58, 대중서사학회, 2021.

- 박인성, 「이병주의 「소설·알렉산드리아」에 나타나는 다층적 인유양상 연구」, 『한국문학이론과비평』 78, 한국문학이론과비평학회, 2018.

- 박중렬, 「실록소설로서의 이병주의 『지리산』론」, 『현대문학이론연구』 제29집, 2006.

- 박중렬, 「기록의 서사와 역사의 복원: 이병주의 '지리산'론(1)」, 경남부산지역문학회 『지역문학연구』 Vol.12, 2005.

- 박찬모, 「靖獻·哀悼·自癒의 '지리산 인문학'試論 -지리산권 현대문학을 중심으로」, 『2020 이병주문학 학술세미나 발표논문집』, 2020.

- 서은주, 「소환되는 역사와 혁명의 기억 : 최인훈과 이병주의 소설

을 중심으로」, 『상허학보』 30, 상허학회, 2010.

- 서지문, 「이병주 소설의 통속성에 대한 고찰」, 『2015 이병주문학 학술세미나 발표논문집』, 2015.

- 서지문, 「이병주소설의 통속성에 관한 고찰」, 『이병주문학 학술 세미나발표논문집』, 2015.

- 서하진, 「역사성의 소설, 그리고 작가 이병주」, 『2008 이병주하동 국제문학제 발표논문집』, 이병주기념사업회, 2008.

- 손혜숙, 「이병주 대중소설의 갈등구조 연구」, 『한민족문화연구』 26, 한민족문화학회, 2008.

- 손혜숙, 「이병주 소설의 '역사인식' 연구」, 중앙대학교 박사학위논 문, 2011.

- 손혜숙, 「이병주 소설에 나타난 '식민지 기억'과 역사 다시 쓰기」, 『어문논집』 53, 중앙어문학회, 2013.

- 손혜숙, 「이병주 소설의 역사서술 전략 연구」, 『비평문학』 52, 한국 비평학회, 2014.

- 손혜숙, 「이병주 소설에 나타난 시대 풍속」, 『한국문학논총』 70, 한 국문학회, 2015.

- 손혜숙, 「이병주 소설과 기억의 정치학」, 『2017 이병주문학 학술세 미나 발표논문집』, 2017.

- 손혜숙, 「이병주 소설에 나타난 4·19의 문학적 전유 양상 - 『허상 과 장미』를 중심으로」, 『2018 이병주문학 학술세미나 발표논문

집』, 2018.

- 손혜숙, 「이병주의 『허상과 장미』에 나타난 4 · 19의 문학적 전유 양상」, 『한국문학이론과비평』 79, 한국문학이론과비평학회, 2018.
- 손혜숙, 「학병의 글쓰기에 나타난 내면의식 연구-한운사, 이가형, 이병주의 소설을 중심으로」, 『어문론집』 75, 중앙어문학회, 2018.
- 손혜숙, 「이병주 산문 연구」, 『문화와융합』 56, 한국문화와융합학회, 2018.
- 손혜숙, 「이병주 소설에 나타난 재벌 담론 연구」, 『우리문학연구』 63, 우리문학회, 2019.
- 손혜숙, 「학병의 기억과 서사 – 이병주의 소설을 중심으로」, 『우리문학연구』 66, 우리문학회, 2020.
- 송주현, 「국가비상사태 전후의 문화정치와 지식 전유의 한 양상-이병주 소설을 중심으로」, 『이화어문논집』 40, 이화어문학회, 2016.
- 송희복, 「문학과 역사를 보는 관점」, 『2010 이병주문학세미나 및 강연회 발표논문집』, 이병주기념사업회, 2010.
- 송희복, 「소설가 이병주, 혹은 1971년 로마의 휴일」, 『2012 이병주문학 학술세미나 발표논문집』, 2012.
- 송희복, 「생태학적인 시의 경관과 지역주의의 성취」, 『2016 이병주문학 학술세미나 발표논문집』, 2016.
- 송희복, 「이병주의 『관부연락선』과 진주(晉州)의 사상」, 『2019 이병주문학 학술세미나 발표논문집』, 2019.

- 신봉승, 「역사소설의 사실과 픽션」, 『한국문학평론』 35, 한국문학평론가협회, 2009.
- 신예선, 「해외에서 본 작가 이병주」, 『한국문학평론』 34, 한국문학평론가협회, 2008.
- 안경환, 「이병주와 그의 시대」, 『2009 이병주하동국제문학제 발표논문집』, 이병주기념사업회, 2009.
- 안경환, 「학병출신 언론인의 글쓰기 - 이병주, 황용주의 경우」, 『2011 하동이병주국제문학제발표논문집』, 이병주기념사업회, 2011.
- 안경환, 「왜 '법과 문학'인가」, 『2013 이병주문학 학술세미나 발표논문집』, 2013.
- 안경환, 『황용주, 그와 박정희의 시대』, 까치, 2013.
- 안경환, 「이병주와 황용주」, 『2014 2차 이병주문학 학술세미나 발표논문집』, 2014.
- 안경환, 「니체, 도스토예프스키, 사마천 - 나림(那林) 이병주(李炳注)의 지적 스승들」(강연), 『2019 이병주 국제문학심포지엄 발표논문집』, 2019.
- 안광, 「사랑의 법적 책임」, 『2013 이병주문학 학술세미나 발표논문집』, 2013.
- 안광진, 「이병주의 〈철학적 살인〉에 나타난 사랑의 법적 한계」, 『순천대학교 인문학술원 인문학술』 제3집, 2019.

- 오창은, 「결여의 증언, 보편을 향한 투쟁-1960년대 비동맹 중립화 논의와 민족적 민주주의」, 『한국문학논총』 72, 한국문학회, 2016.
- 용정훈, 「이병주론」, 중앙대학교 석사학위논문, 2001.
- 유임하, 「80년대의 분단문학, 역사의 진실 해명과 반공주의의 극복 '남과 북', '지리산', '태백산맥'을 중심으로」, 『작가연구』, 2003년 4월호.
- 유한근, 「이병주의 〈南勞黨〉」, 세계평화교수협의회 『廣場』 Vol.190, 1989.
- 음영철, 「이병주 소설의 대중성 연구」, 『겨레어문학4』 7, 겨레어문학회, 2011.
- 음영철, 「이병주 소설의 주체성 연구」, 건국대학교 박사학위논문, 2011.
- 음영철, 「이병주 중단편소설에 나타난 포함과 배제의 정치성」, 『한민족문화연구』 44, 한민족문화학회, 2013.
- 음영철, 「이병주의 『별이 차가운 밤이면』에 나타난 일제 말기 한국 자유주의」, 『예술인문사회멀티미디어논문지』 6(2), 사단법인인문사회과학기술융합학회, 2016.
- 이경재, 「휴머니스트가 바라본 법」, 『2013 이병주문학 학술세미나 발표논문집』, 2013.
- 이광욱, 「중립불가능의 시대와 회색의 좌표 – 이병주의 『관부연락선』, 『지리산』에 나타난 지식의 표상을 중심으로」, 『민족문화연구』

84, 민족문화연구원, 2019.

• 이광호, 「테러리즘 – 예술의 자율성과 익명성 – 이병주의 '그 테러
리스트를 위한 만사'를 중심으로」, 『2011 이병주학술세미나 발표
논문집』, 이병주기념사업회, 2011.

• 이광호, 「이병주 소설에 나타난 테러리즘의 문제」, 『어문연구』 41,
한국어문교육연구회, 2013.

• 이광훈, 「분단문학의 새 가능성-'지리산' 전7권」, 『문예중앙』, 1985
년 12월호.

• 이광훈, 「역사와 기록과 문학과…」, 『한국현대문학전집48』, 삼성출
판사, 1979.

• 이광훈, 「'회색의 군상', 그 좌절의 기록 : 김규식과 유태림을 중심
으로」, 『한국문학평론』 34, 한국문학평론가협회, 2009.

• 이광훈, 「행간에 묻힌 해방공간의 조명」, 『산하』, 한길사, 2006.

• 이동재, 「대하소설의 창작 방법론」, 『어문논집』 66, 민족어문학회,
2012.

• 이동재, 「분단시대의 휴머니즘과 문학론: 이병주의 '지리산'」, 『현
대소설연구』 24, 한국현대소설학회, 2004.

• 이병주 남재희, 「〔대담〕'회색군상'의 이론: '지리산' 작가와 독자가
이야기하는 생략된 역사」, 『세대』, 1974년 5월호.

• 이보영, 「역사적 상황과 윤리 – 이병주론」, 『현대문학』,1977년 2월
~3월호.

- 이재복, 「딜레탕티즘의 유희로서의 문학 – 이병주의 중, 단편 소설을 중심으로」, 『나림 이병주선생 13주기 추모식 및 문학강연회 발표논문집』, 나림이병주선생기념사업회, 2005.
- 이재복, 「한 휴머니스트의 사상과 역사 인식」, 『2012 이병주문학 학술세미나 발표논문집』, 2012.
- 이정석, 「이병주 소설의 역사성과 탈역사성」, 『한국문학이론과 비평』 50, 한국문학이론과 비평학회, 2011.
- 이정석, 「학병세대 작가 이병주를 통해 본 탈식민의 과제」, 『한중인문학연구』 33, 한중인문학회, 2011.
- 이평전, 「1970년대 이병주의 '회색인 사상'과 '유사 파시즘'으로의 이행 연구」, 『한국문학과예술』 21, 사단법인 한국문학과예술연구소, 2017.
- 이평전, 「이병주 소설에 나타난 '인정투쟁'의 논리와 전개 양상 연구」, 『한국문학이론과비평』 78, 한국문학이론과비평학회, 2018.
- 이형기, 「이병주론: 소설 '관부연락선'과 40년대 현대사의 재조명」, 권영민 엮음, 『한국 현대작가 연구』, 문학사상사, 1991.
- 이형기, 「지각작가의 다섯 가지 기둥 – 이병주의 문학」, 『나림 이병주 선생 10주기 기념추모선집』, 나림이병주선생기념사업회, 2002.
- 이혜진, 「조선인 학병세대의 전후 – 이병주의 관부연락선을 중심으로(1)」, 『국제어문』 85, 국제어문학회, 2020.
- 이혜진, 「조선인 학병세대의 주인과 노예의 변증법–이병주의 『관

부연락선』을 중심으로(2)」, 『리터러시연구』 36, 한국리터러시학회,
2020.

• 이호규, 「이병주 초기 소설의 자유주의적 성격 연구」, 『현대문학의
연구』 45, 한국문학연구학회, 2011.

• 임금복, 「불신시대에서의 비극적 유토피아의 상상력 – '빨치산',
'남부군', '태백산맥'」, 『비평문학』 3, 한국비평문학회, 1989년 8월
호.

• 임재걸, 「민족의 비극을 덮어둘 수 없었다」(이병주 인터뷰 기사), 『중
앙일보』, 1985년 11월 19일자 10면.

• 임정연, 「이병주 문학의 낭만적 아이러니 –『운명의 덫』 소고」,
『2019 이병주문학 학술세미나발표논문집』, 2019.

• 임정연, 「이병주 문학의 낭만성과 낭만적 아이러니 –『운명의 덫』을
중심으로」, 『우리문학연구』 70, 우리문학회, 2021.

• 임헌영, 「현대소설과 이념문제–이병주의 '지리산'론」, 『민족의 상황
과 문학사상』, 한길사, 1986(*이남호 편, 『한국 대하소설 연구』, 집문당,
1997에 재수록).

• 임헌영, 「빨치산 문학의 세계」, 『분단시대의 문학』, 태학사, 1992.

• 임헌영, 「이병주의 '지리산'론 – 현대소설과 이념문제」, 『나림 이병
주선생 12주기 추모식 및 문학강연회 발표논문집』, 나림이병주선
생기념사업회, 2004.

• 임헌영, 「기전체 수법으로 접근한 박정희 정권 18년사」, 『그해 5

월』, 한길사, 2006.

- 임헌영, 「이병주의 역사소설과 이념 문제」, 『2014 2차 이병주문학 학술세미나 발표논문집』, 2014.

- 임헌영, 「이병주 문학과 역사·사회의식」, 『2017 이병주문학 학술 세미나 발표논문집』, 2017.

- 임헌영, 「운명 앞에 겸허했던 한 여인의 소망-이병주 『'그'를 버린 여인』에 나타난 인간 박정희」, 『역사비평』 127, 역사비평사, 2019.

- 임헌영, 「운명 앞에 겸허했던 한 여인의 소망」(강연), 『2019 이병주 문학 학술세미나 발표논문집』, 2019.

- 임헌영, 「이병주의 역사소설과 이념 문제」(강연), 『2018 이병주 국 제문학심포지엄 발표논문집』, 2018.

- 임헌영, 「좌우 이념을 넘어선 이병주 문학」(강연), 『2020 이병주 국 제문학심포지엄 발표논문집』, 2020.

- 장문석, 「중립의 후일담 – 최인훈과 이호철, 그리고 이병주의 1960 년대」, 『서강인문논총』 56, 인문과학연구소, 2019.

- 장예원, 「이병주 소설에 나타난 '예술'과 '아이러니'의 상관성 연 구」, 『우리문학연구』 61, 우리문학회, 2019.

- 장예원, 「이병주 소설의 아이러니 연구」, 경희대학교 박사학위논문, 2019.

- 전경린, 「예낭, 낯선 곳으로의 망명」, 『2011 이병주학술세미나 발 표논문집』, 이병주기념사업회, 2011.

- 전해림, 「이병주 소설에 나타난 남성 육체 인식」, 『인문학연구』 50, 인문과학연구소, 2014.
- 정계룡, 「이병주의 『관부연락선』에 나타난 윤리의식 연구」, 서울대학교 석사학위논문, 2017.
- 정계룡·김나래, 「이병주의 중·단편소설을 통해 바라본 '회색의 사상' – '법과 제도에 대한 서사'를 중심으로」, 『구보학보』 23, 구보학회, 2019.
- 정미진, 「이병주 소설에 나타난 종교의 의미」, 『국어문학5』 8, 국어문학회, 2015.
- 정미진, 「이병주 소설에 나타난 주체의 자기 분열 양상 연구」, 『어문연구』 86, 어문연구학회, 2015.
- 정미진, 「이병주 소설의 영상화와 대중성의 문제」, 『2015 이병주문학 학술세미나 발표논문집』, 이병주기념사업회·한국문학평론가협회, 2015.
- 정미진, 「이병주 『산하』의 다층적 서사와 구성과 의미」, 『국어문학』 59, 국어문학회, 2015.
- 정미진, 「이병주 소설 연구: 현실 인식과 소설적 재현 방법을 중심으로」, 경상대학교 박사학위논문, 2017.
- 정미진, 「'원한'의 현실과 '정감'의 기록, 『행복어사전』」, 『2017 이병주문학 학술세미나 발표논문집』, 2017.
- 정미진, 「이병주 대중소설에 재현된 여성 이미지 연구」, 『어문연구』

92, 어문연구학회, 2017.

- 정미진, 「이름 없는 자들에 대한 기록」, 『한국문학이론과비평』 78, 한국문학이론과비평학회, 2018.

- 정미진, 「공산주의자, 반공주의자 혹은 휴머니스트: 이병주 사상 재론」, 『배달말』 63, 배달말학회, 2018.

- 정미진, 「이병주의 대일인식과 한일협정의 기록」, 『국제언어문학』 44, 국제언어문학회, 2019.

- 정미진, 「이병주의 세계기행문을 통해 본 냉전과 독재」, 『상허학보』 59, 상허학회, 2020.

- 정영훈, 「역사와 기억」, 『2010 이병주문학세미나 및 강연회 발표논문집』, 이병주기념사업회, 2010.

- 정영훈, 「풍속소설의 가능성과 한계-이병주의 『행복어사전』론」, 『2019 이병주문학 학술세미나 발표논문집』, 2019.

- 정주아, 「혁명 이후 남은 자들: 『그해 5월』에 나타난 4·19」, 『인문과학연구논총』 66, 명지대학교 인문과학연구소, 2021.

- 정주아, 「학병세대와 군인정치의 시대 그리고 법적 정의-이병주 문학에 나타난 원한과 법의문제」, 『철학·사상·문화』 35, 동서사상연구소, 2021.

- 정찬영, 「역사적 사실과 문학적 진실-'지리산'론」, 『문창어문논집』, 문창어문학회, 1999.12.

- 정창훈, 「우애(友愛)'의 서사와 기억의 정치학-이병주 소설 『관부연

락선』 다시 읽기」, 『서강인문논총』 52, 인문과학연구소, 2018.

• 정현민, 「오늘의 시각으로 본 〈정도전〉」, 『2014 2차 이병주문학 학술세미나 발표논문집』, 2014.

• 정호웅, 「『지리산』론」, 문학사와 비평연구회 편, 『1970년대 문학연구』, 예하, 1994.

• 정호웅, 「해방 전후 지식인의 행로와 그 의미: 이병주의 '관부연락선'」, 『현대소설연구』 24, 한국현대소설학회, 2004.

• 정호웅, 「이병주의 '관부연락선'과 부성의 서사」, 『나림 이병주선생 1 2주기 추모식 및 문학강 연회 발표논문집』, 2004.

• 정호웅, 「망명의 사상」, 『마술사』, 한길사, 2006.

• 정호웅, 「이병주 문학과 학병 체험」, 『한중인문학연구4』 1, 한중인문학회, 2013.

• 정호웅, 「이병주 문학과 중국 학병 체험」, 『한중인문학회 국제학술대회』 2013.

• 정호웅, 「이병주 문학의 공간」, 『2016 이병주문학 학술세미나 발표논문집』, 2016.

• 정홍섭, 「1970년대 초 농촌근대화 담론과 그 소설적 굴절 : 이병주와 이문구를 중심으로」, 『민족문학사연구』 42, 민족문학사학회 민족문학사연구소, 2010.

• 조갑상, 「이병주의 〈관부연락선〉 연구」, 『현대소설연구』 제11집, 1999.

- 조규석, 「역사, 권력, 인간,,,거대담론에 대한 치열한 성찰: 5.16을 모티브로 쓴 이병주의 첫 작품 "소설,알렉산드리아"」, 『한국논단』 제271집, 2012.

- 조남현, 「이데올로그 비판과 담론확대 그리고 주체성」, 『소설·알렉산드리아』, 한길사, 2006.

- 조영일, 「이병주는 그때 전향을 한 것일까: 리영희가 기억하는 이병주에 대하여」, 『황해문화』 제80집, 2013.

- 조영일, 「문학과 인생: 김윤식과 이병주」, 『황해문화』 통권 87호, 2015. 6.

- 조영일, 「학병 서사 연구」, 서강대학교 박사학위논문, 2015.

- 조윤기, 「이병주의 『지리산』에 나타난 저항의 논리」, 동국대학교 석사학위논문, 2021.

- 차선일, 「이병주의 『지리산』에 나타난 한국전쟁의 재현 양상」, 『高凰論集』 제45집, 2009.

- 최문경, 「하동에 새긴 선율, 작가 이병주를 말하다」, 『2020 이병주문학 학술세미나 발표논문집』, 2020.

- 최연지, 「이병주 『운명의 덫』과의 인연 – TV드라마 지식인 주인공의 한계」, 『2008 이병주문학 학술세미나 발표논문집』, 이병주기념사업회, 2008.

- 최현주, 「『관부연락선』의 탈식민성 연구」, 『배달말』 48, 배달말학회, 2011.

- 최현주, 「탈식민주의 문학교육과 이병주의 『관부연락선』」, 『한국문학이론과 비평』 제53집, 2011.
- 최현주, 「국가로망스로서의 이병주의 『지리산』」, 『현대문학이론연구』 55, 현대문학이론학회, 2013.
- 최혜실, 「한국 지식인 소설의 계보와 '행복어사전'」, 『나림 이병주 선생 11주기 추모식 및 문학강연회 발표논문집』, 나림이병주선생기념사업회, 2003.
- 추선진, 「이병주 소설 연구: 사실과 허구의 관계를 중심으로」, 경희대학교 박사학위 논문, 2012.
- 추선진, 「이병주 소설의 원형으로서의 『내일 없는 그날』」, 『인문학연구』 21, 경희대학교 인문학연구원, 2012.
- 추선진, 「이병주 소설에 나타난 법에 대한 성찰 연구」, 『한민족문화연구』 43, 한민족문화학회, 2013.
- 추선진, 「이병주 소설에 나타난 법에 대한 의식 연구」, 『2013 이병주문학 학술세미나 발표논문집』, 2013.
- 추선진, 「이병주의 『별이 차가운 밤이면』에 나타난 전쟁 체험과 내셔널리티」, 『국제어문』 60, 국제어문학회, 2014.
- 추선진, 「이병주 『지리산』에 나타난 여성지식인 고찰」, 『2017 이병주문학 학술세미나 발표논문집』, 2017.
- 추선진, 「이병주 문학에 나타난 세계시민주의의 양상」, 『2018 이병주문학 학술세미나 발표논문집』, 2018.

• 추선진, 「이병주 문학에 나타난 교양주의적 세계시민주의」, 『한국문학논총』 78, 한국문학회, 2018.

• 표성흠, 「소설 『지리산』을 통해 본 이병주의 일본, 일본인」, 『2011 이병주학술세미나 발표논문집』, 2011.

• 한수영, 「소설, 역사, 인간: 이병주의 초기 중.단편에 대하여」, 경남부산지역문학회 『지역문학연구』 제12집, 2005.

• 해이수, 「이병주의 「예낭풍물지」에 나타난 공간 소요」, 『2014 1차 이병주문학 학술세미나 발표논문집』, 2014.

• 홍기돈, 「관념의 유희와 소설의 자리」, 『2015 이병주문학 학술세미나 발표논문집』, 2015.

• 홍기삼, 「생명의 존엄을 위한 옹호 – 이병주 소설 다시 읽기의 가능성」, 『2008 이병주 문학 학술세미나 발표논문집』, 2008.

• 홍용희, 「이병주, 지리산의 풍모」, 『한국문학평론』 34, 한국문학평론가협회, 2008.

• 황인, 「이병주와 한국은행」, 『월간 샘터』 Vol.542, 2015.

• 황호덕, 「끝나지 않는 전쟁의 산하, 끝낼 수 없는 겹쳐 읽기-식민지에서 분단까지, 이병주의 독서편력과 글쓰기」, 『사이』 제10권, 2011.

3-3. 이병주기념사업회가 재발간한
이병주 도서 목록

이병주선집(전 30권) – 한길사 간(2006)

장편

관부연락선 1~2 / 지리산 1~7 / 산하 1~7 / 그해 5월 1~6 / 행복
어사전 1~5

중·단편

소설·알렉산드리아 / 마술사 / 그 테러리스트를 위한 만사

바이북스 발간 도서

소설 알렉산드리아 – 이병주 소설(2020)

허드슨강이 말하는 강변 이야기 / 제4막 – 이병주 뉴욕 소설(2019)

세우지 않은 비명 – 이병주 소설(2016)

망명의 늪 – 이병주 소설(2015)

여사록 – 이병주 소설(2014)

예낭 풍물지 – 이병주 소설(2013)

패자의 관 – 이병주 소설집(2012)

마술사 | 겨울밤 – 이병주 소설집(2011)

그 테러리스트를 위한 만사 – 이병주 소설(2011)

변명 – 이병주 소설집(2010)

박사상회 | 빈영출 – 이병주 소설집(2009)

쥘부채 – 이병주 소설(2009)

소설 알렉산드리아 – 이병주 소설(2009)

The Wind and Landscape of Yenang – 이병주 소설(2013), 서지문 옮김

Alexandria – 이병주 소설(2012), 윤채은 · 윌리엄 모얼리 옮김

小说 · 亚历山大 – 이병주 소설(2011), 리화 · 추이밍제 옮김

긴 밤을 어떻게 새울까 – 이병주 에세이(2015)

이병주 역사 기행 – 이병주 에세이(2014)

스페인 내전의 비극 – 이병주 에세이(2013)

잃어버린 시간을 위한 문학 기행 – 이병주 에세이(2012)

문학을 위한 변명 – 이병주 에세이(2010)

문학의 매혹, 소설적 인간학 – 이병주를 위한 변명(2017), 김종회 지음
이병주 문학의 역사와 사회 인식(2017), 김윤식·김종회 엮음
문학과 역사의 경계에 서다 – 낭만적 휴머니스트, 이병주의 삶과 문학
(2010), 김윤식·김종회 엮음

이병주선집(전 12권) – 바이북스 간(2021)

장편
허상과 장미 1~2 / 망향 / 낙엽 / 꽃의 이름을 물었더니 / 무지개 사
냥 1~2 / 미완의 극 1~2 / 그해 5월 1~6 / 행복어사전 1~5

중·단편
내 마음은 돌이 아니다 / 삐에로와 국화 / 8월의 사상 / 서울은 천국 /
백로선생 / 화산의 월, 역성의 풍

에세이
자아와 세계의 만남 / 산을 생각한다

문학의숲 발간 도서

별이 차가운 밤이면 – 이병주 장편소설(2009)